三日月

三日月

輕FU
惡作劇戀人
I
夜兒——著
妍希——繪

惡作劇戀人

I

目錄

爵

姓　名：伊澤彌亞．爵勒思．休塔
暱　稱：爵、爵大人
性　別：男
年　齡：外表 20，心智年齡判定中二
（爵：小豆豆，什麼叫中二？　豆：很可怕，不要問。）
身　高　183
（豆：你謊報……　爵(勾手指)：啪嚓！）
體　重：60
本　家：神界．空境
現　居：凡間、豆居席夢思大床
喜歡的：美食、看小豆豆苦惱、拿小豆豆當抱枕、爆燈泡、爆燈泡、爆燈泡以上無限循環 !!!!
討厭的：正式打扮、被敷衍、被質疑神的威儀、元寶蠟燭、聖水、十字架等把他當妖魔鬼怪的事物
（豆：你本來就是神……經病）
特殊技：勾勾手飛過來；勾勾手爆燈泡
口頭禪：我是神！

單習郁

姓　名：單習郁
暱　稱：小豆豆
性　別：女
（爵：勉強算吧　豆：你這個勉強是什麼意思啊！怒 #）
年　齡：17
身　高：155
體　重：40
本　家：托兒院
現　居：麻伊媽咪留下來的房子
喜歡的：看小說、圓麵包
討厭的：煮飯、掃燈泡碎片
特殊技：三秒鐘烹飪料理
口頭禪：你這神經病！

ch1 窗戶外有神

我看看我左手中打開看了一半的小說，再瞧瞧我右手邊此刻大敞的窗邊，正攤屍於陽台上的不明物體，現在是農曆八月初一，中原標準時間零時零分，鬼門剛關不過三十秒，那……

「……這三小？」基於旺盛且不怕死的好奇心，在零點一秒的遲疑之後，我伸出了食指，戳了戳那團不明物體。

彈性不錯、觸感不賴、溫度適中，就是溼了點……可，看看外頭那黑得像是打翻墨水瓶的天空，除了某些不知道從何而來的煙霧繚繞之外，大體上，我看不出有任何類似於液體的上升或下降，那，這團吸水抹布怎麼出現的？

……是的，吸水抹布。

我很得意自己居然在這轉瞬之間就找到一個這麼合情合理、完美無缺的詞彙來形容它。

我伸出手指再戳。

「別亂戳！我可以告妳性騷擾喔。」

哎呀，還會說話！

難道我剛剛按到什麼發話鍵了？

不得不說，現在的科技在某些奇怪的地方總是異常發達。

這年頭，吸水抹布還有內建錄音播放系統真是……是要提供婆婆媽媽或者瑪莉亞在拖地板時，可以自問自答、快問快答、你問我答等等等的需求嗎？

想著，我手很賤地又多戳了幾下。

「欸，聽不懂國語啊！」那塊吸水抹布晃了一下。

我肯定我沒聽錯。

那腔調字正腔圓得比我還標準。

「是啊，那要不要換個語言回答我看看？」

我肯定，我也就是隨口說說而已。畢竟跟一塊抹布對話就夠白痴了，還期待它回應，實在是蠢到了極點。

但，事情就是朝這麼白痴方向的發展！

「&*@#$%……」那塊抹布掀起一角，忽然拋出一串我有聽沒有懂的字句。

雖然聽不懂，不過我用我聰明的腦袋一想，就是在回應我剛剛的話嘛！

「怎樣，滿意了沒？」

……等等，除了有錄音功能還會反問？

「你這麼先進啊！哪兒賣的我要推薦老媽也買一台……靠腰！」

事不過三。這是我今晚身體力行學到的第一個成語。

所以，在我第三度伸手戳向那塊抹布的時候，它，咬我了。

「皮乾肉澀，我瞧妳不過小小年紀怎麼乾虛成這樣，難吃死了。」

「你、你、你什麼東西啊還會咬人！」我趕緊收回手，望著明顯帶了一圈凹痕的食指，淚眼汪汪。

嗚，我天不怕地不怕，唯二怕的東西之一就是怕痛啊！

這吸水抹布是哪來的山寨盜版不良品！居然咬人……

「放尊重點！居然說我是什麼東西。」

雖然眼前依舊是一團抹布，但在這句話的同時，我隱約感受到一股睥睨的目光。

三小啦，抹布還會鄙視人喔！

我對於我剛剛那一瞬間產生的錯覺，忍不住搖頭暗斥自己實在想太多了。

「我也不是什麼三小，搞清楚，我可是很高高在上的！」那團抹布又回了我的話。

「你是誰啊高高在上的——」我還很順的應話，一時間，也沒注意到它怎麼會回應了我心裡的想法。

「哼、哼——聽清楚了，我可是你們的神——」

砰！一聲，我關上了窗戶。

哎，夜深了，該睡覺了才是，剛才肯定是我太愛睏了才有幻聽、幻覺、幻想……

放下手中看一半的小說，我很迅速地躺平在我的席夢思枕上，三秒入睡！

俗話說日有所思，夜有所夢，睡前的負擔會是醒來的眼袋……呃，話是這樣接的嗎？哎，隨便啦！

總之，一覺醒來神清氣爽的我邊打著不雅觀的哈欠，邊打開窗戶通風。

「妳這女人——」窗扇外，半裸美男子坐在我的陽台上，睜著銅鈴大眼瞪向我。

砰！我再度甩上了窗戶。

「唉、唉、唉——我肯定是還沒有睡醒，先來去洗個臉好了。」偏頭揉了把臉，我馬上鑽進浴室梳洗。

三兩下搞定後，我打著呵欠重新走到窗台前，眼角餘光不經意瞥到了桌上那本夾了書籤的小說，頓時了然，難怪啦難怪……我昨天就是看這本書看得太入迷，一時太入戲，所以，才會覺得在我的窗邊也有一個帥哥可以撿。

「別開玩笑了現在都什麼時代了，哈哈哈哈哈……」我邊笑著，二度打開窗戶。

那個半裸的美男子依然瞪著眼，坐在我的陽台上，只不過高挺的鼻子上，還有一點很俏皮的紅痕。

「真的假的啊？」沒管住手，我跟昨晚一樣好奇地伸出食指戳了戳，然後，毫不意外地又被啃了一口！

這次，我清楚明瞭了這絕對不是帶刺的吸水抹布，而是個半裸美男張開了他的尊口，往我細白幼嫩的食指咬下去！

「我問你真的、假的你怎麼咬人啊！」

拎阿罵咧！

還不偏不倚地咬在同一個點上！

「妳都可以甩我窗了。」半裸美男很高傲地抬高下巴，用眼白瞄著我，雖然，鼻間那點紅，把他的帥氣度大大打了個折扣。

「這麼斤斤計較！我不過就下意識反應嘛！」我回了個白眼，甩甩手。

「妳甩我兩次窗還敢說是下意識反應！還有，妳這女人講話怎麼這麼粗俗？又是三小又是拎阿罵。」半裸美男斜睨著我，一臉鄙夷。

「要你管啊！你到底是什麼鬼？沒事不穿衣服在人家窗戶外做什麼？」揉著陣陣作痛的手指，我的火氣都上來了。

「妳這無禮的女人！給我過來！」半裸美男又是一記狠瞪朝我送來，殺氣騰騰地伸指指著我，「我這麼高貴的存在，妳居然說我是什麼鬼?!」

我很無言地扁了扁嘴，「你白痴啊，我就站在窗邊你是要我過去哪邊？」

一接完話，我忍不住悲哀地想著為什麼我還會跟這莫名其妙的東西對話上……喔忘了說，還是個很莫名其妙又很廢話的東西。

我是真的覺得我瘋了。

「妳這什麼態度！都跟妳說了我不是東西，聽清楚了，我可是統御你們、支配你們的神——」半裸美男說著，俐落地伸手擋住我又要甩上的那窗扇。

「喂！妳不要每次話沒聽完就關窗好不好！」

「我聽完了啊，你是神嘛，神經病的神。」

這個早晨真夠白痴的了。

我搖搖頭，撥開他的手就要關窗，卻忽然被他一把抓住。

然後、然後，他人就撲了過來——

「啊！！！！！！」

早上七點零三分，我發出了人生十幾年來最淒厲、最震撼的尖叫，驚天裂帛、慘絕人寰，連大樓的警報器都被我同步共鳴，嗚嗚作響……

當然這我沒聽到，純粹是假設的。

因為，我嚇昏了。

在暈眩中悠悠轉醒，我感覺整張臉蛋熱呼呼的，就好像……就好像是被人甩了好幾個巴掌一樣！

瞪大雙眼，我看著正跨坐在我身上「行兇」的傢伙，記憶很識時務地立刻回籠。

「變態！」想也沒想，我使出了排山倒海的標準 pose，用力往他一推！

拎阿罵咧！

跨坐在一個純潔少女的身上，居然還一直甩人家巴掌！

我跳起來，一路退到牆邊，試圖與他拉出最大距離。

「欸——誰是變態！我是看妳昏過去了好意要叫醒妳，而且妳哪裡純潔了……」

那個被我一掌推開居然就貼上牆壁的傢伙，很卡通化地把自己從牆壁給拔下來，甩一甩、晃一晃又變回原本的樣子，手掌在光裸的六塊肌上拍了拍，抬頭給了我一記狠瞪。

「……一個在女生房間半裸還跨坐在人家身上的傢伙，不是變態是什麼啊？」雖然覺得眼前的畫面頗養眼，我還是很不爽地在心裡咒罵。

不過……等等！

為什麼他都會回答我心裡想的東西？

我很慢半拍地發現到這點。

「喲，妳終於想到這一點了喔？」

半裸美男扯了扯他腰間那團看起來很不牢固的抹布……好吧！我已經可以肯定出昨晚看到的不是幻想，那塊吸水抹布，大概就是他現在身上掛的這塊……

媽的！這又不是重點！

重點是，他走過來了啊！

「你、你、你、你不要過來喔！」隨著他的步步靠近，我慌到快找不到舌頭了。

「好啊，我不過去。」半裸美男真的就這麼停下了腳步。

我愣了半秒。

他微笑，「妳，給我過來。」

「啊——」發出了極為淒厲的慘叫，我像是被一個無形的繩索給套住，然後朝他飛過去，整個人啪地黏在他的身上。

「你、你、你……」觸感意外得很棒，可是、可是我也是有矜持的！

這樣投懷送抱算什麼啊?!

「矜持妳個頭，口水都流出來了。」頭頂傳來的聲音，一整個打擊我的尊嚴。

「你這王八蛋！到底想幹嘛？」我很努力、很努力地想把自己從他身上拔起來，但很可惜，我最多只能把腦袋從他胸膛脫離。

所以，我現在這個動作變得很像是無尾熊爬樹，而他，就是那棵尤加利樹……

「第一，我不是王八蛋，雖然我不懂你們人類怎麼老愛罵人家是蛋，明明就是種食材。」半裸美男又用那種睥睨的眼神看著我，「第二，我不是尤加利樹，妳給我聽好了，我是神，統領你們的神。」

「……好啦、好啦，那請問，能放開我或者讓我放開你了沒？」等他一講完，我皮笑肉不笑地戳戳眼前厚實的胸肌。

這傢伙讓我黏在他身上，想也知道，無非就是怕我又阻止他講話這類的無聊原因。

「什麼無聊原因?!而且我哪裡怕妳了?!」睥睨的眼神噴出火花，半裸美男手指揮揮，我原本怎麼拔都拔不開的身體瞬間直線下墜，砰地跌坐在地上。

……去你的王八蛋！

「你到底要幹嘛？」我揉著受創的屁屁，慢慢站起身，「用講的，不要一直偷聽人家想什麼好不好！」

嚴重被侵犯隱私權的感覺，讓我非常不爽。

「這問題問得很好，妳要是昨天就有這麼配合的反應，我就不用在外面吹一晚的冷風了。」

圍著抹布的半裸美男，手指勾勾，一旁的椅子就跟剛才的我一樣朝他飛去，落在他尊貴的屁屁下方。

他繼續用那一臉很高貴、驕傲的神情看著我，言行間，充斥著對我極度的不滿。

而我只有以看待一個神經病的角度去面對他，才能克制住我想或者我要脫口而出的話。天知道他是要再給我來一次「勾勾手飛過去」，我的心臟肯定休克。

「欸——妳腦袋放空我怎麼接話？快點問我啊！」看我老半天沒動靜，半裸美男居然又怒了。

……敢情我還要客串旁白兼帶劇情啊？

暗暗翻個白眼，我很配合地開口：「那請你快說，你到底要幹嘛？」

「我是來找我的新娘的。」手掌用力拍上他身上那塊遮蔽用的抹布，高傲的半裸美男斜睨著我，態度萬分認真地對我宣告。

「喔。」配合他的要求問完問題又聽完他的回答，我邊揉著屁股，邊走向一旁的隱藏櫥櫃，推開暗門後拿出了掃把。

「媽的！給我滾出我家！」我手中的掃把用力一揮！

他似乎沒有意料到我會這樣做，以致我的攻擊居然正中他那張漂亮的臉蛋，更把他從椅子上給掃下來。

「欸——妳！」他當機了半秒剛要開口說話，我第二記揮擊旋即奉上。

可惜我不是專業打擊者。

而他也反應得夠快，立刻抓住了我二度攻擊向他的掃把，「妳怎麼拿掃把對付我啊！我又不是蟑螂！」

「你是蟑螂我就拿拖鞋打你了。」兇器被他握著動彈不得，我也很乾脆地改為動口：「我不管你要幹嘛了，你現在給我滾出我家，神經病一個。」

我真的是白痴！才會容忍他在我這邊肆虐這麼久！

我覺得真正神經病的不是他，而是傻傻在這邊陪他演的我。

「跟妳說了我是神不是什麼神經病，妳這女人怎麼聽不懂！」他哇哇叫著，揮舞雙手要辯解。

趁原先被他握著的掃把又能動彈，我立刻發動第三次攻擊，卻被他堪堪閃過。

「妳，給我過來。」又是熟悉的命令式發言，我一愣，下一秒，真的又勾勾手飛過去了，這次還被他雙臂環著，死死抱緊。

可惡！顧著發火都忘記了他還有這招。

「放開我！」雙手掙扎出來，我邊尖叫著死命搥他。

「欸——冷靜點好不好！好端端的妳發什麼神經？」半裸美男左右不停地閃躲著我招招往他臉搥去的拳頭，「我就不懂你們這些人類怎麼情緒說來就來？都不能冷靜點。」

他皺著眉看著懷抱中的我，「喂——跟妳講話，不要一直打人！」

「我跟神經病沒什麼好講的。」我死命掙扎，「我管你是神還是什麼阿撒不魯的五四三，總之，你現在、立刻、馬上給我滾出這裡！」

歹年冬、厚肖郎！

我對自己居然把早晨的大好時光浪費在這個傢伙身上感到悲哀，一肚子火更是往上竄燒。

「幹嘛一直要趕我走？明明是妳先邀請我來到這裡的。」半裸美男搖了搖頭，對於我的反應表示不解。

「見鬼的！我什麼時候邀請過你？」我的聲音瞬間又高了一個八度。

「就剛剛啊，妳不是把手伸向我？」

這王八蛋！哪隻眼睛看到我伸手邀請他了？

我一口氣哽在喉頭上不上下不下的，講不出半句話。

「我兩隻眼睛都看到了。」半裸美男再度回應著我的內心話，理直氣壯地把偷窺這項技藝發揮到極致。

「該死的！不要再偷窺我的內心話！」我暴怒地吼著：「總之，你來的目的跟我沒有任何關係吧，所以，你可以離開不用待在我這邊了。」

姑且先不論這傢伙說的話真實性為何，既然是來找他的新娘，應該跟我沒有什麼關係，所以，我還是趕快把這傢伙給趕出我家比較要緊。

「那可不行！」半裸美男又搖了搖頭，一臉為難地看著氣到表情都扭曲了的我。

「為什麼？」

「因為我們已經簽下契約了，妳得幫助我找新娘。」

「屁咧！我什麼時候跟你簽約了？」這傢伙以為這是在演什麼超展開劇場啊！

我整個傻眼。

然而，更令我傻眼的是他接下來的動作——

「現在囉！」

是的，這傢伙話說著說著，很老套的就給我親下去了……

然後，我也很老套的昏了……again。

等我再次醒來，窗外已經染上薄薄暮色。

不知道為什麼我躺回了床上，被子還蓋得好好的，就連睡衣也換了……靠北！我什麼時候換睡衣的?!

被這個發現嚇得瞬間清醒，我立刻坐了起來，左右張望著。

「奇怪，那個神經病離開了嗎？」

「找我啊？」

一顆腦袋忽然從我用來區隔客廳跟臥房的屏風後探出，嚇得我整個人往後一退，腦袋重重撞上床柱，痛得我整個人扭成一團。

「你、你、你……」我已經連話都說不出來了。

「妳真的很不冷靜欸，動不動就大叫、大動作，撞笨了怎辦？」

半裸美男現在不裸了……只見他不知道從哪邊扯了塊布裹住自己，還很藝術地扭成類似希臘神祇的那種造型。

只是那塊布我怎麼看起來就那麼眼熟，就像是……

「喔，我看外面掛著一塊這個就順手扯下來了，省得妳看到我不是尖叫就是流口水，這樣我也是會很困擾的。」

……困擾你媽啦！我的高級真絲窗簾你給我拿來扭成這樣！

一口氣哽著，我當真找不到該用什麼詞彙罵眼前這傢伙好了。

「……你快點走好不好？我這邊沒有你要的東西，你要找的人我也幫不上忙！」深深呼吸，我只差沒跪地哀求了。

「哎——我說啦，我們簽約了，所以我想走也沒辦法。」他雙手一攤，整個人散發出一種欠扁的氣息。

……這王八蛋！就是他自己硬闖進來硬親人，什麼叫做我邀請他、我跟他簽約？

老實說，我覺得從他出現起，我個人的理智跟氣質就像是東去的流水追不回，雖然幾乎都想在心裡，還是髒話連篇。

「過程不重要嘛，而且，妳好像本來就沒有什麼氣質可言……」

「閉嘴。」

我把自己埋進棉被堆裡，一陣無意義地亂叫，等覺得稍微可以撿起一些破碎的理智後，這才抬起頭看向意外很聽話安靜站在一旁的他。

「算了，我認輸，你到底是誰？你又要找誰？」察覺到他又要來那一套我是神的廢話答案，我趕緊補充說明：「我是問名字，名字！」

「喔！」半裸美男點頭。

我忽然耳鳴了大約五秒鐘。

「……你剛剛說啥？」我扶著整個在晃的腦袋，瞪向他。

「抱歉，我用錯語言了。」他恍然大悟地清了清喉嚨，很莊重、很嚴肅地對我說出了他的名字……如果我聽得懂的話，我想，那應該是他的名字。

「算了，我懶得管你叫什麼，反正你就叫小明。」擺擺手，我放棄跟他多講，直接自己跳下個話題：「那你要找新娘什麼的，總得有點線索、條件吧？」

「喂——妳不要以為我不知道，小明是你們人類最常用來說故事的代稱，而且，通常遭遇都很悲慘！我明明就有名字。」不爽被亂代稱的他，又是一陣哇哇亂叫。

「等你不說外星語，我再考慮換個稱呼。」我掏掏耳朵。

別的不說，這傢伙的嗓門真的有夠大，超吵的！

……真不知道會不會被大樓管委會投訴？

「妳不是說妳聽不懂國語？」他瞪大了眼睛。

「我隨便說說，你隨便聽聽就好，而且我聽不懂國語的話，請問我們現在是用什麼溝通？」反正他自己會偷窺我內心想什麼，我乾脆連話都懶得說了。

「怎麼不隨便得徹底點……」他忽然嘀咕了句：「吶，我的名字用你們的語言說起來太長了，妳就叫我爵好了，反正只是個稱呼，我就配合妳隨便一些。至於新娘的線索嘛……」

這塊自稱自己叫爵的抹布左手一翻，手心上，立刻出現了一道卷軸。

「先拿去看吧，我昨天在外面吹一晚冷風剛剛又等妳醒來等整天好累，明天再討論。」隨著他的話，卷軸就這樣輕飄飄地拋到我的手上。

跟著他手指揮揮，我的人就這樣浮著被移離床鋪。

我愣愣地看著他取代我鑽進被窩裡，直到我跌坐在地才回神過來。

「喂！你——」

我真的沒想到，我不過就是開了個窗，莫名其妙就「邀」了個自稱是神的怪傢伙進來，被偷吃豆腐不說，現在他還搶了我的床……

……天啊，這哪招啊？

一夜無眠。

我蜷縮在沙發上，瞪著區隔的屏風，防他，也防我自己。

……沒辦法，「美食」當前，我怕被他撲倒，也有點怕我神經了去撲倒他。

而就這麼傻愣著等太陽出來照我，就算有先前兩次昏倒墊底補眠，想當然爾，我還是等出了眼下一圈淡黑。

所以，當我聽見屏風後翻身下床、伸懶腰的聲音時，當下，真有想衝上前去暴打的衝動。

「……冷靜、冷靜，妳是美麗又有氣質的好女孩，當街行兇是不對的，在自宅行兇更是大大不對，會造成房價下跌。」

「妳沒事又在叨唸什麼？早說妳沒氣質這屬性了。」懶洋洋地吐槽聲傳來，裹著我那套高級真絲窗簾的爵走出了屏風。

不知道為什麼，那本來遮蔽住他大半身材的布料，經過一夜睡眠又全積累到他的腰間……是的，活脫脫又是個半裸美男，就算我昨天看了很久，還是忍不住小心跳了一下。

雖然，他一開口就沒好話。

「你給這什麼破爛卷軸，什麼爛條件！」清醒了下腦子，我抓過扔在一旁的卷軸丟向他，「女的、活的、強壯的……你以為說相聲啊?!」

瞧瞧他開出了什麼三寶條件！

這破爛玩意我昨天花了一分鐘看完後，還深深後悔浪費了那一分鐘。

「啊——拿錯了，這我之前路過聽到的句子隨手抓來筆記的。」爵用他很高傲的眼神瞥了一眼拍上他胸膛的卷軸，拋出了很雲淡風輕的三個字。

「拿、錯、了！」該死的我整晚沒睡瞪著你這破爛卷軸，還被你搶了床鋪、佔了窩，你回我一句拿錯了！

「哎——其實這也不重要，反正，它也算有說到一部分嘛！」爵懶洋洋地說道，手指很熟悉地勾了勾。

「啊、啊、啊！你、你就不能開口叫我過去嗎？」

這次他稍微懂點人權了，不是讓我人飛過去，而是連帶著底下的沙發椅一塊挪過去，可沙發椅瞬間變成爆衝小汽車，還是讓我的心跳瞬間翻了兩倍。

「那多麻煩！而且妳又不一定聽我的話。」言下之意是，他老大決定直接把人勾過來，完全不打算徵詢我意見就是了。

「我……算了。」我認清了要跟個不同物種的人爭論，是件非常傷神、傷身、傷心的事，乾脆就略過不談，直接問他：「那個，是不是我幫你找到了你的新娘，你就會離開了？」

在現在這個一臉笑咪咪就可以騙光你全家的時代，先討個保證，差不多等同於先買個保險一樣，聊勝於無。

「當然，妳以為我愛待在這兒呀？空氣又糟、環境又吵，不過東西是還不錯吃，也就這麼點值得期待了。」

爵高傲的視線又掃向我，「怎麼？妳以為我們神都不用吃飯的啊？別想什麼元寶、蠟燭，那是鬼吃的東西，聖水是西方那些毛怪嗑的。」

……你說，我幹嘛開口呢？他都直接讀心思了。

扁扁嘴，我姑且當作這是他給的保證好了。

「那，你給點實際的線索吧……沒頭沒腦的我怎麼找？你總不會說你要找的就是我吧？」

「妳？」爵把我從頭看到腳，再從腳看回頭，最後嘖嘖兩聲，沒下文。

那副居高臨下俯視我的模樣，看得我很有想要回敬他「昇龍拳」的衝動。

……去你的！什麼鄙視態度？你要我我還不要咧？

阿貓、阿狗也比你這不知道哪來的神經病好！

「喂——」

他一開口，我立刻幫他接話：「都跟妳說我是神不是神經病了，對吧？」

超沒創意，台詞就這兩三句！

我打心底鄙視他。

「總之，真的找到了我就會走了，在找到之前，妳就好好配合我給予幫助，懂嘛？」

顯然也覺得我們雙方的對話又鬼打牆，爵乾脆自己把話題收尾，手指指著我，硬是要我跟著他點頭。

而我很悲劇地發現，在這個不知道打哪兒來又濫用能力的神面前，我的人權，就是個渣！

然後，我跟一個神的同居生活開始了。

ch2

同居的守則

既然這傢伙賴在我家已經是不能改變的事實，那我現在能做的，就是在盡可能的範圍內，為自己爭取最大的利益。

不要問我為什麼這裡明明是我家，我還要過得這麼卑屈，要知道，面對一個手指揮一揮、勾一勾，就可以讓妳體驗人體飄移、自由落體等等刺激性遊樂設施，附帶屁股受創、精神受創等等「沙必思服務」的神（我還是堅持他是個神經病），再次重申，妳的人權就跟渣一樣，風一吹就沒了。

「那個，既然你要待在我這邊，那有些事情我得先講明。」我的手緊緊抓著釘死在牆面的鐵架，對霸占我沙發的爵喊著話。

雖然不知道這樣能不能防範，但有比沒有好……

爵一貫用高傲的眼神，凌遲著我脆弱的理智。

「先等我講完你才准發表意見！」搶在他又要接話之前，我趕緊先抓住絕對發言權：「第一、你要把衣服給穿好。」

瞄了眼他腰間取代原本抹布的那圈真絲窗簾布，我沒有傻得問原先那塊布哪兒去了，直覺就很可怕，不要問比較好。

雖然有個六塊肌的半裸美男很顧眼睛，但為了我過快的心跳，還有接下來可能的不理智舉動著想，我認為這項規定是很必要的。

「第二、有事你就用講的，不要濫用法力把人家抓過來、抓過去。」這點，我個人認為極有可能被他無視，但是為了生命安全，我還是要說。

「第三、我覺得我們有必要劃分一下私人範圍。」我指了指他尊臀下的沙發，「那個，晚上你就躺這兒吧，這個打開就是床鋪了。」

「為什麼？」爭取來的絕對發言權瞬間宣告終了，爵那張帥氣臉蛋上的濃眉擰成一團，「那個明顯看起來就比較舒服。」

看到他長指一指，我有一瞬間很擔心我的席夢思會在他的動作下，砸爛我的屏風朝我們倆飛過來。

「你不要瞧不起這沙發，它也是名家設計的精品耶！」當然席夢思是比較貴。

「妳心裡明明就說床比沙發貴。」第一時間就讀取我心裡想法的爵，很不客氣地吐槽。

「第四、不要隨便聽人家心裡想什麼！」媽的，給不給人隱私權啊！

爵很無奈地擺手，「我也不想聽，是妳想得太大聲了。」

「那你是不會裝沒聽到喔！」我用力地瞪過去，眼睛沒人家深邃沒人家大，至少氣勢不能輸。

「就妳這麼個單眼皮，用牙籤撐開好像也沒有我一半大吧！」赤裸裸的人身攻擊，跟爵空蕩蕩的上半身一樣直白襲來。

我努力地瞠大了眼，更用力地瞪過去。

「好啦，我盡量。」大概是覺得我再瞪下去眼睛會脫窗，或者根本是他累了，他大爺坐了回去，算是接受了我跟他的約法三章，達成以上三條協議。

「不只三條。」

「啥？不只三條？你是學過中文沒有，三表示多數，ｏｋ？」

基本協議在此算是達成了，我卻覺得我像跑了十公里馬拉松一樣疲憊。

「既然妳有規定，那我也應該要有。」無視我的無力感，很大牌的爵接著開口：「其實，我覺得這樣穿比較自在，可是我也不想每天被個小色狼目光視姦，吶，妳下的規定，所以，妳負責搞定我的衣著，另外，我的飲食妳也要包辦，還有……」

他哇啦、哇啦說了一大堆我要包辦什麼又什麼，這個我負責、那個我負責……

「喂——你當我是三陪小姐啊？」

是怎樣？我陪吃、陪喝要不要順便陪睡啊?!

「陪睡倒不必，就妳這身板，我怕磕牙。」

……去你的，約法三章是個屁！

關於我到底要變成幾陪小姐這問題，我決定不跟他繼續爭辯，反正就包吃、包住嘛，只是怎麼想都我虧，但是叫我跟他討錢……他等下要是掏出一疊冥紙，那多觸霉頭？

「欸——妳有沒有常識？冥紙是鬼在用的，我是——」

「我知道你是什麼，你不要再重複了！」聽到他又要重複他那一百零一句介紹詞，我頭都昏了，忍不住抗議：「第四條你不要聽了就忘好不好。」

「不過就是……你們人類怎麼稱呼來著，喔，房租嘛！」很選擇性聽話的爵，完全不管我的抗議，手一翻，不知道從哪兒弄出一張卡。

沒有不玄幻，只有更玄幻……先別提為什麼一個自稱神的傢伙會掏出卡片來，我更好奇的是這卡片剛剛收在哪了?他全身上下就腰間那圈布，我可不記得真絲窗簾還附口袋過。

「吶——我很大方的，妳自己去提領吧！」爵一甩手，卡片輕飄飄地拋到我手中。

「……你確定這玩意能用？」我瞇眼看著這張通體漆黑的卡片，實在很存疑。

我是知道有種卡片叫黑卡，但，黑卡應該不是整張都黑色的卡片吧！

「什麼態度！」感覺權威遭受質疑的爵，很不爽地橫來一眼。

我身旁登時響起啪滋一聲，話筒旁的小桌燈燈泡很戲劇地炸開了。

「對不起。」我非常、非常恭敬地把卡片高高奉於頭頂。

就他這態度，這張卡片就算不能用我也不敢吭聲了。

「我餓了。」爵很滿意我的識時務，更滿意這小露一手確立起來的尊卑地位，大掌一揮開始下令了。

……多光榮偉大的三個字，你見過比房東大牌的房客沒有？我眼前就一隻！

默默地把卡片塞進口袋，我鑽進廚房，很認命地煮起東西來。

幾分鐘後，兩只熱騰騰的大碗公擱上餐桌。

我咬咬牙，把配料豐富的那碗推向了爵。

「這什麼東西？」高傲的爵大人，很鄙視地望著他面前的碗。

那不屑又嫌棄的表情，讓我很有想抓起碗公往他腦袋扣的衝動。

……浪費食物不好，跟神（我堅持他是神經病）計較更不好。

「用煮的泡麵。」

「妳就吃這個啊？」爵怪叫。

單身獨居女生的家中，不用太期待有什麼存糧好嗎？

我翻了翻白眼，「月底了我沒什麼錢，臨時也找不到什麼，你勉強湊合一下可以嗎？等下我一定去補充存糧，看你要山珍海味什麼都行。」

反正刷你的卡（雖然不知道能不能用），至於山珍海味被我料理完還能不能吃，也不在我保證範圍就是。

眼看他還是一臉不滿的表情，我舉起筷子在對面的碗裡撈了撈，「而且，你這碗配料跟我比起來很豐富了。」

為了你這傢伙，我最後一顆蛋都忍痛犧牲下去了。

「妳不像是缺錢的人。」打量了下整個屋子，爵下了評斷。

「你又知道了。」我頓了下，撇撇嘴，埋首進碗內猛吸著麵條，不再理會他。

感覺頭頂上刺人的目光僵凝了許久才緩緩移開，對面傳出細微的進食聲，夾雜著對於這類速食食品的深深不滿，包括防腐劑太多會變木乃伊等等的發言，我內心表示：你都是神了，你怕變什麼木乃伊？

「說的也是。」左耳進、右耳出的某神，果然很不把約法三章放眼裡。

天大地大吃飯最大，我懶得跟他計較。

「吶，去買點人吃的食物。」帶著一種很勉強、很不甘的模樣解決了我煮的麵，爵立刻表達了他強烈的意願。

叫我去買菜，是他不想再碰泡麵的意思。

「你口中所謂不是人吃的食物，是很多人月底的救星好嗎？」白了他一眼，我翻出了包包，盤算了下預算後套了鞋子準備出門，腳步卻在玄關處急急剎住，「你要幹嘛？」

我瞪著跟在我後頭也要往外走的爵，語氣不善。

「買東西啊！」他應得很理所當然，我聽了眉頭幾乎快打死結。

「你，就穿這樣跟我出門？」我拔尖了聲音又刻意壓低音量，聽起來一整個扭曲，然而更扭曲的，是對於這尊大神居然想腰間圍塊窗簾布就走出門的理解。

「沒差吧！買東西而已不是嗎？」爵看著我扭曲的模樣，很是不解。他的語氣，淡然得好像他不過就是穿拖鞋、短褲下樓倒垃圾一樣稀鬆平常，絲毫不覺得他此刻外觀有任何問題。

「……我忽然想到，我們可以用另一種管道買東西。」死死瞪著他，就不懂這個從不把人家隱私當回事的傢伙，怎麼這下就不偷聽我心聲了。

幾番內心糾結掙扎後，我踢掉腳上的鞋，掀開書桌上的筆電按下開機鈕。

「這就是筆電？你們人類很愛用的小盒子，好像很有趣。」像牛皮糖一樣也跟著黏過來的爵，看著我指下的玩意，非常好奇。

我實在不懂他對於人類的理解，感覺好像懂得不少，又好像什麼都不懂……

「我知道筆電啊，只是沒見過而已！」

看！他又不把我的隱私當回事了。

「妳要用什麼管道買東西？」爵動了動手指，把我從椅子上給移走，自己坐了下去，任由我跌坐在地而他一點都不會覺得不好意思。

「喂——你不會自己搬椅子啊！」我怒了，就算搶位子也不能讓我摔下去吧……很痛欸！

「麻煩。」爵態度很踐地看著跌坐地上的我，「妳怎麼還不快點買？還坐在那邊幹嘛？」

……我錯了，跟他計較的我真的錯了，這根本溝通不來。

完全不寄望他有任何紳士舉動，我很認分地自己站起來，重新拉過一張椅子，連上網路key入搜尋字串。

畫面跳轉到某個連鎖超市的線上購物服務，略微停頓後，我開始勾選著要下訂的商品。

「打個勾，東西就會來呀？」在旁看著我動作的爵發出了驚呼：「跟我的能力很像呢！」

他邊說，邊勾動自己的手指。

我就瞥見我放在廚房裝有飲用水的大水壺橫過大半客廳、越過屏風，直直朝我腦門砸來，幸虧我閃得快才沒有被砸中腦袋。

緊接著又是颼颼兩聲，櫥櫃裡的WEDGWOOD骨瓷杯，追隨著水壺的路線飛了過來。

「要不要來一杯？」間接行兇的傢伙還很「好心」地來句關切。

先不提為什麼我收在櫥櫃中的杯子會這麼就飛了出來，是說他到底有多懶，廚房離這兒也才幾步路，只是喝個水至於嗎？

「這樣比較快啊！」

對於他間歇性的無視人權，我很悲慘地發現，我居然漸漸習慣了。

可是，既然國語辭典裡有「變本加厲」這個詞，那……就該曉得會有人去徹底實現什麼叫「得寸進尺」這四個字！

「欸，我不要這個，看起來好難吃。」

「這個不好，名字聽起來不美味。」

高貴如他，端著WEDGWOOD骨瓷杯邊喝茶邊動嘴皮子指使。

卑微如我，認命地在他左一個嫌棄、右一個不屑中執行任務。

不過，我的耐性實在不好。

而且再被他這樣挑下去，還真的就只有買各類泡麵一途了……

所以，我決定出聲鎮壓：「……你可不可以安靜點？」

而事實證明，不只是人欺善怕惡，神也怕人家對他大小聲。

對於終於能安靜挑選的結果，我感到非常滿意，當下就決定多選幾個食材，明天來煮鍋咖哩好了。

「我要加蘋果的。」努力表示安分的爵，又插了一句點菜。

我頓了會兒，取消了原本選的咖哩塊牌子，改了另一種。

到此，民生大事算是解決了一半。

我眼角瞥到身旁還圍著窗簾布的爵，原先要關掉網頁的手一改，換點開了服飾區的頁面，「我先幫你選套臨時穿的。」

這種線上商店的衣服款式，也就圖個便利便宜，質感什麼的實在沒得要求，所以，我先把醜話放前頭，省得到時候他又給我來個人體震撼教育。

就在我下完訂單準備結帳時，我忽然有個疑問浮上心頭：「既然你這麼厲害，為什麼還要吃飯、睡覺、穿衣服？」

「神又不是真的無所不能，來到人類世界當然要照人類世界規矩啊！」我很無言、很鄙視地轉頭看著他。

這人說謊都不會心虛的嗎？

他該死的把人當沙包勾著飛來飛去時，怎麼就沒想到人類世界是不會有這種事情發生的？

「那，麻煩你可以再照規矩一點。」幾個深呼吸後，我這才能平靜地面對著他而不吐槽。

可惜的是，有人總是忽視我的隱私權。

「妳內心明明就在咒罵我。」爵說著，手指比了比連接在筆電上的讀卡機問道：「為什麼妳把卡片插進這個小盒子，然後，那個螢幕就說妳已經付款完成？」

我一點也不訝異為什麼他會知道螢幕可是不認識讀卡機，他的理解管道跟他一樣兩光，而他的問題更讓我懶得回答。

畢竟，你一個神幹嘛要懂人家網路購物的付款方式啊！

所以，我也就很理所當然地無視他對於我付帳方式的總總好奇。

然後，我又活生生血淋淋地體悟到一點，那就是神的權威是絕對不容質疑的。

我不甩他，他就逼我理他，用的就是那招——這個王八蛋，又爆了我另個桌燈的燈泡啊！！！！

……剛剛，我真應該順便訂一打燈泡的。

我抖著手指，臉上垂下N條寬麵淚。

而某尊大神則很滿足地佔據著我的筆電，操作著我剛剛教學完畢的一整套網購流程，逛得一整個不亦樂乎。

就這樣直到夕陽西下、暮色深沈，某大爺再度金口一開：「我餓了。」

雖然網路購物標榜迅速，但也沒這可能馬上下單馬上就送來。

所以這天的晚餐，還是只能投奔速食類的懷抱。

鑒於最後兩包泡麵，上一餐就煮完了，而爵給的那張烏漆嘛黑的卡片，可用度還是個謎，我看了看錢包，極為不甘願地動用了緊急備用金。

「欸——炸雞跟披薩，你要選哪個？」前事不忘後事之師，我把決定權讓給某尊大神。我家已經沒有多餘的燈泡可以犧牲了。

其實還有很多亂七八糟、有的沒的可以訂購外送。

不過，我還是決定以最簡便最安全的就好。

天曉得，我一年沒訂過幾次外食，等下叫了間不好吃的他因此遷怒炸了我家，那多得不償失？

像這兩種難吃也不到哪邊去的選項，保險多了。

「那是啥？」活像重度網路成癮者的爵，把眼睛從螢幕上拔了開來瞄向我，沉默了一會兒又自己接話：「妳這人怎麼淨吃些不營養的食物？算了，就那個什麼麥當勞好了，別一副我像炸彈客的樣子視姦我，爆燈泡很累的。」

我懂這意思。

這傢伙……顯然又很不客氣地直接讀我心裡的想法了。

「……你爆燈泡很累我掃碎片就不累啊！」

咬牙在在心裡圈叉了一番，我很認分地打電話訂餐。

中途不經意看了眼黏在電腦前的爵極度衣衫不整的模樣，我翻箱倒櫃才找到一件大浴袍，依稀記得好像是某回抽獎抽到的情侶浴袍組，還真沒想到有派上用場的一天。

「加減穿著吧！」我可不想等下外送員上來看到一個圍窗簾的，雖然說單穿浴袍感覺好像也……

說到底，多了他就是個麻煩啊！

在色澤鮮豔的橘色長沙發橫陳著，寬大的灰色浴袍套在身上，僅有腰間鬆鬆的繫著，絲毫不在意領口大敞露出大片胸膛，聞見門開關聲抬起的俊酷臉蛋，深邃的眼微微瞇起，唇角揚了個十足誘人的弧度——

到門口付完錢、提著一大袋食物的我一轉身，就看到這麼衝擊性的畫面，鼻子很脆弱地癢著。

妖孽，太妖孽了這傢伙。

「明明就覺得我帥，幹嘛說我是妖孽。」緩緩坐起身的爵，踋踋地看著我從袋子裡拎出大盒小盒的炸雞、漢堡、薯條，絲毫沒有要幫手的意思。

「……是，對不起我錯了。」人家也不過想想，你偷聽就算了還應個什麼鬼。

我暗暗翻了翻白眼，加快動作把購物袋裡所有食物全搬了出來。

「那個，我不知道你什麼不吃，所以，自選吧！」

看著滿桌食物，其實我心很痛。

都是錢啊……吃不完多浪費！

可是為了這尊大神，我忍了。

而事後證明，跟這傢伙吃飯……很挑戰人性。

那已經不是挑不挑嘴的問題了，根本就是找碴來著。

炸雞的雞翅不吃、雞腿不吃。

因為根據他爵大爺說法，那是四肢關節，能吃嗎?所以，一整個分享餐的雞翅、雞腿全得由我本人銷毀。

天曉得，我最討厭啃一堆骨頭的東西。

漢堡的生菜他也不吃。

同樣根據他爵大爺的論調，抹了美乃滋的生菜有怪味，不吃。

行!我幫他把菜夾出來，連沾著的美乃滋也最大限度的刮乾淨!

結果這傢伙說看起來顏色不美味，叫我啃掉。

他大爺金口一開，我很悲劇地看著自己其實一點都不甘願的雙手，強制性地拿起漢堡，很痛苦地塞下去。

至於剩下的，什麼太短的薯條不吃，因為看起來焦黃不可口；形狀怪異的雞塊不吃，就沒想過雞塊本來就有圓形跟不規則的兩種……

總之這頓晚餐，吃得真的沒有不折騰，只有更折騰!

只要爵不吃的，他全部都命令我吃掉，而我只有咬牙了結所有食物。

撐著絕對過量進食的肚子收拾桌面，我壓抑不住我怨恨的眼神，瞪向那又躺回沙發，效法貴妃醉臥姿態的爵，多想在心裡把他這樣那樣又這樣那樣，可是，這傢伙會讀心，不成。

「這樣那樣又這樣那樣是什麼意思?」

瞧，某人這就開口了。

我本來想很跩地回句「關你屁事」，可是想到已然壯烈犧牲的兩顆燈泡，再看看我頭頂上的……好女不跟惡男鬥。

「沒有，我只是在動動腦幫助消化。」

我嚥了嚥口水，把打包好的垃圾拿到廚房牆邊的回收口投入。

鬧騰了整天的幾坪空間在此時忽然沈寂下來，我莫名地有些不習慣，不由微偏過頭，遠遠地看著沙發上態度自若地拿起遙控器，不用人教，就可以開著電視洗眼睛的爵。

他真的非常、非常奇怪。

他說自己是神而非人，但他卻好像對這個世界的事物很是熟悉，就連偶爾有一些地方的不明白，也被他強迫式的讀心理解了……

如果這世界真的有神，他們也是跟我們這樣過日子的嗎?

我想起那本讓我遇見爵的小說裡描述的橋段，很幼稚地比對起來。

「神就是神，不過既然來到人類世界，我們自然也要學著習慣人類世界的方式不是嗎?」遠遠地，爵忽然拋來一句，回應了我。

我微愣，忍不住嘟囔：「那你就不要用法力欺負人啊……」

『**非常時刻要用非常手段。**』

冷不妨，電視裡突然傳出這麼一句對白。

我差點沒跌倒往流理台撞。

這年頭……連電視機都吃裡扒外了嗎？

深夜，而我睡不著。

此刻屋裡多了一個人的存在，在這種時候格外明顯地提醒著我。有些人天生就是氣場強大，就算隔著屏風都能感覺得到他的存在，絲毫不容忽視。

「我到底招誰惹誰了？怎麼會碰上這種事……」我在心裡哀嘆，明明覺得自己已經認命接受了，又有那麼點不甘心地想抗議。

「幹嘛不睡覺？」爵忽然出聲。

糟糕！我一時又忘了某個人讀心的威能……

這還給不給人活？連想都不行了。

高大的身影越過屏風走到我的床邊，居高臨下地俯視著我。

「我睡太飽不行啊……」我動了動嘴皮子，終究還是沒說因為感覺他的存在，忽然就睡不著了。

「我需要跟人類結成契約，才能取得合理待在這個世界的資格。」爵看著我，沒頭沒腦地說：「昨天是最後一天，我再不結成契約，就會錯過這次機會了。」

我呆了半晌，才聽懂他在跟我解釋。

「錯過了，要等很久嗎？」我吶吶地問。

「上一個有這機會的錯過了，直到現在才能再來，而距離上一個人到現在，剛好一百年。」爵輕描淡寫的語氣，實在很難拿捏他這句話的重量。

只能說，神的時間計算真不一樣……

我呆愣了幾秒後，忍不住就好奇起眼前這傢伙的歲數，看這外皮……嘖嘖，不會是千年老妖、天山童姥這種階級吧？

爵橫來一眼，我很有心理恐懼地隱約感覺著又有啪滋的聲音在響。

「總之，任務達成之後我就會離開了，而作為交換，我可以給妳三個願望。」

「你神燈精靈啊……」還三個願望。

我瞄了眼說著因為嫌熱，從吃飽飯就把浴袍給踢到一邊，恢復原本腰間纏窗簾布造型的爵，腦海瞬間想起迪士尼動畫裡面那隻很搞笑的神燈精靈。

他挑了挑眉，「我看起來像是那種藍皮蓄可笑鬍子的東西嗎？」

「……造型殊途同歸嘛！」我悶笑。

「看來妳精神很好，不如我來幫妳作點運動？」爵一邊說著，一邊舉起了他萬惡的手指。

我見狀一慄，趕緊壓緊了被子死死閉上眼睛，「我睡了，晚安。」

一陣安靜後，他略低的笑聲悶悶地傳來，手指忽輕忽重地搔著我的耳朵。

原本了無睡意只是想裝睡的我，眼皮不知道怎麼地漸漸沉重起來……

「晚安。」隱約聽見他似乎對我說了這麼一句。

這樣的感覺，我發現讓我好想念……

ch3

習慣會誤人

「嗯……」

「哦……」

「啊！！！」

「唔！」

美好的早晨，總是有些什麼引人遐想的……別想歪，這不是什麼亂七八糟的畫面，我們什麼都沒作。

實情是這樣的——

茫茫然間，有個好舒服的大抱枕讓我一夜好眠，我忍不住哼哼，邊揉著眼邊爭取神智往清醒的方向前進，終於，人醒了、聚焦了……

「啊——」

這回，我清楚聽到外頭防盜警報呼應我淒厲尖叫的共鳴聲。

但我現在完全沒有心思去關掉它，老實說我根本就懵了，只能傻愣愣地望著不知道何時擠上床來的爵。

「吵死了，安靜點睡覺不行嗎？」濃重的起床氣蘊在爵半睜的眼中，他的大掌指著我的嘴巴一劃。

世界消音了、安靜了。

我呆了，傻愣愣地順著他的話點頭。

爵這才滿意的放下手，閉上眼繼續睡他的回籠覺。

「……為什麼？為什麼？為什麼啊——」我揪著頭髮，整個再度呈現風中凌亂貌。

我拼命揮舞手腳，想離開卻沒辦法。因為某大神的手臂就橫在我鎖骨的位置，不管往上、往下，都很危險。

就這樣直等到他終於睡飽，已經是近午的事了。

我捏著因為緊張而僵了一早上的脖子，終於能把我憋很久的怨氣跟疑問出口：「為什麼你會在我床上？」

「床比較舒服。」剛睡醒的爵，髮絲凌亂地垂散著。

「誰准你跑上來了！」我憤怒地大叫著。

「我問過妳啊！」爵半撐著腦袋，看著死命跟他拉出距離的我，「妳快摔下床了。」

「屁！你什麼時候講的？我怎麼都不知道？」呼應我的怒吼，砰地一聲，我柔嫩的屁屁不負所望地接觸地面，疼得我齜牙咧嘴。

「……大概是妳說完晚安的……」爵眯著眼像是在思考人類世界的時間換算，而後說道：「五分鐘後吧！」

我一口氣哽在那裡不上不下，痛苦非常。

而造成我這狀況的兇手絲毫沒有愧疚感，撥著他那頭亂得很帥氣的髮，大嘴一張：「我餓了。」

得——我什麼都不能表示，只能揉揉受創的屁股，乖乖去當煮飯婆。

很多東西跟乳溝一樣，硬擠還是擠得出來的。

所以在我搜刮了整個冰箱後，居然還真的被我挖到一塊冷凍薯餅、半塊蘿蔔糕，雖然不知道「陳屍」多久，不過我想神的腸胃比我強韌很多，應該沒問題吧……

我三兩下把料理好的薯餅跟蘿蔔糕切塊，增加份量，附帶一罐每天訂購的牛奶推到爵面前。憑我那個冰箱的內容有這樣的早餐很豐盛了，我看看自己這邊的牛奶加喜瑞爾，這麼想著。

但，這位爵大爺顯然不怎麼滿意。

「妳怎麼吃的不一樣？」

「東西只有一份啊，而且我剛睡醒吃不多，吃這個就好了。」我拆開小包裝的喜瑞爾，倒入盛了牛奶的碗中攪拌著。

「那我要吃妳那個。」

這天早上，我見證了爵那根萬惡手指除了勾一勾可以讓我甩來甩去之外，還可以移行換位！

而我只能瞪著轉到面前的薯餅跟蘿蔔糕，開始很認真地思考著，我的急救醫藥箱在哪？

我想，我可能很需要、很需要胃藥的補救……

又是一個美好早晨。

我伸手努力把爵巴在我身上的手扒開，下床梳洗。

習慣，真的是很恐怖的一件事。

經過幾個禮拜，每天早上這種近距離面對面、程度不一的身體接觸，一睜眼就是爵帥得很慘絕人寰的臉蛋，（請原諒我早上剛睡醒，神智不清濫用成語），我的反應從一開始的尖叫，到現在是面不改色，態度從容地安靜起床……好吧，偶爾，還是會踩到床單摔得很有破相之虞就是。

我咬著牙刷，半迷糊半清醒地望著鏡子。

打從一起床，我的左眼皮就跳個不停，就好像有什麼事情要發生……

我直覺很不對勁。

而就在我的左眼皮跳到一個快抽筋的程度時，我聽見門鎖喀一聲打開的聲音——

「親愛的小豆豆，妳餓死了沒，麻麻來探望妳囉！」

大門被推開，人影還沒瞥到，聲音先傳入屋內。

「啊——」我很久違地，又尖叫了。

「幹嘛呀妳！沒事又吊什麼嗓子？」

「小豆豆，妳這麼開心看到我，還唱起歌劇歡迎啦！」

兩個聲音一左一右鑽入我的耳朵。

一邊是被尖叫吵醒，帶著濃濃怨氣瞪我的爵，一邊是剛踏進門的麻麻。

我沒口齒不清，她的名字真的就這樣叫。

在她很惡趣味的爺爺命字下輪到麻字輩，又在她更惡趣味的娘親隨手一翻字典後，又是麻字，得，她的大名就叫唐麻麻，還不准更改。

我驚悚著臉蛋看看床鋪上半瞇著眼眸，還在神智不清的爵，再看看拎著大包小包進屋，此刻正站在床邊的麻麻。

這兩人的視線在我身上交集，疑惑著我的反應，看得我也疑惑了起來，總覺得怎麼……怪怪的？

「哎，小豆豆，妳不能因為放假就晚睡晚起呀，瞧妳黑眼圈都跑出來了，有沒有好好吃飯？如果我沒來看妳，妳可不能就這樣餓死自己或者淨吃泡麵嘿……」麻麻轉身提著大包小包走入廚房，開始填充我的冰箱跟櫥櫃。

「哎喲，小豆豆妳轉性啦，居然自己會先買食物了。」

我的冰箱沒有像往常一樣乾淨空白得有如新品，這點讓麻麻很是驚訝。

「呃，剛好有想到。」我掃了眼還賴在床鋪上的爵。

他邊聽著麻麻的話還邊點頭表示認同。

「媽的！認同個屁啊你。」我看向他的視線迸出火花。

「小豆豆，妳長大了。」動作迅速地把她提來的東西全數放好的麻麻衝到我身邊，喳呼呼地笑著說：「看到妳還活著我就安心了，那我走啦下個月再來看妳，別餓死了。」

她一把就抱住我，上摸下摸了好一陣，我死命地做出無謂的反抗。

「然後，姊夫要我叮嚀妳要記得去上課嘿！」

話說完，麻麻人也跑了，如同來時一般旋風離去，揮揮衣袖只留下我滿頭黑線。

我愣愣地瞪著剛關上還微微震動的門板，短暫當機的腦袋總算回籠，也想起我剛剛覺得怪的地方了！

爵這麼大一尊橫在我的床上，麻麻怎麼毫無反應？

「你……她……」我指了指捲著被單跟我對望著的爵，又指了指麻麻剛剛離開的方向，啞了半天拼不出個句子。

「妳以為我是說看就可以看的啊！」扯開被單的爵披上了浴袍，腰間依舊很沒誠意地隨便打個結，又是那副很高傲的樣子看向我。

「飯。」

幾個禮拜的洗禮，某人討飯吃的對白已經精簡到剩下單字了。

神明是不能得罪的。

所以，我忍。

我認命地鑽進廚房，半個小時後，剛起鍋的鬆餅和蜂蜜罐被端上桌。

爵嚐了口，給了我個朽木不可雕也的沉痛眼神。

「你說為什麼麻麻看不到你？」我回了個白眼，頓了半秒，終於問出我從剛剛就好奇很久的問題。

「很重要嗎？」爵搖了搖頭，皺著眉配著蜂蜜解決掉鬆餅，「妳的廚藝真的很糟糕欸，鬆餅這麼簡單的東西都能煮這麼難吃。」

「煮得出來你就該謝天謝地了還嫌！快回答我的問題啦！」

「喔，因為我下了暗示，一般來說人類是看不到我的。」

……喔喔，原來如此。

我點著頭，動作忽然一僵，「那個……你剛剛說，你下了暗示所以人類看不到你？」

「對啊！」爵點了點頭，對於我居然重複問他這麼簡單的問題表示很不解。

「那所以……」我瞄了瞄在我強硬要求下，得穿著整齊才准上桌吃飯，所以勉強接受套著浴袍的爵。

為了讓他穿上不要沒幾秒就脫下來圍著圈布到處晃，我還忍痛煮了一個禮拜他要求得跟裹腳布一樣長的菜單，結果他現在告訴我，他下了暗示其實人家看不到他……他媽的！

那我這麼擔心你被人家看到，是擔心個什麼啊？

「我也不知道，妳一直逼我穿衣服我只好配合妳。」

爵的補充，讓我更想死了。

我真的是白痴、白痴、白痴到極點了！

我用力抽走他手上的叉子。

「欸、欸——別氣啦，不知者不罪嘛！」

「你閉嘴！」

爵乖乖地站到一邊。

我鑽進廚房把碗盤洗得震天價響，把所有怒氣都發洩在這上頭。

「那個……」安靜沒幾秒，爵又開口了。

「幹嘛？」

「我想說，我們可以出門找新娘了。」

哐鐺好幾聲，我沒空難過瓷盤餐具被我摔得亂七八糟，還沾著泡沫的手指顫抖著指向爵，一句話都說不出來。

這、這什麼跳躍性的發展?!

「哪裡跳躍？我也在人類世界待快一個月了，人氣沾得夠多，已經可以現形了。」爵微皺著眉，對我這麼激動的反應表示鄙視，人已經大剌剌地晃向門口。

我還在回不了魂的呆愣狀態。

「快點，我們出門吧！」他手指勾勾，我整個人又不由自主地朝他飛過去。

在我快要撞上他的前一刻，理智及時被我給撿回來。

「等、等一下！」我趕緊撲向他的腰間拖住他。

我的直覺告訴我，我要是讓他這樣走出去，我會完蛋，我一定會完蛋！

「我這樣又怎麼了？還有妳幹嘛一直想玩蛋？蛋不是拿來吃的？」爵望著死纏住他腰間的我，眉一皺，動了動手指幫我改了個姿勢。

是的，就是那個我很熟悉的無尾熊抱樹 pose，但是僅限於上半身。

「去、去換衣服再出門好不好？」我努力地把頭從他的胸膛拔出來，呼吸有些困難。

畢竟，我現在的姿勢很不協調。

「我不是有套著衣服了？」

一聽到衣服，爵的眉毛皺得更緊了。

「這、這個叫浴袍，不是衣服。」

我的媽啊……我覺得我的腰快折斷了！

你這王八蛋：要強迫人家換姿勢好歹也換個全套啊！這種折一半的是怎樣啊……

「不是都一樣嗎？」爵又動了動手指，讓我原本只有上半身呈現的無尾熊抱改為全套，只是可憐我好不容易從他胸膛拔出來的臉又被迫撞回去。

「大混蛋……你不痛，我可是很怕我鼻子塌了啊！」我抽著痠麻的鼻子，悶聲道。

「放心啦，本來就沒多高了再壓也是有限。」

「去換衣服！」爵補上的這麼一句，讓我忍不住用腦袋去撞他。

可惜埋在胸膛的怒吼，怎麼聽都氣勢薄弱。

「不要，那衣服好醜！」爵很踐地拒絕了我，邁開步伐就要往外走，全然不覺得多個人掛在身上有啥障礙。

「你不換衣服，我不要跟你出去！」我很堅持地吼著。

要我跟只圍了塊布、套個浴袍還不繫好的人走出我家大門，我寧願死！

「欸——妳死了我怎麼找新娘？」

「那你就給我換衣服再出去啊！」被迫巴在爵身上，我很用力地跟他大眼瞪小眼。

在我快把眼睛給瞪到脫窗前，爵總算是先妥協了。

手指一彈，我暫時解除無尾熊狀態。

他不甘不願地換上那套我隨便買來，他只看一眼就唾棄到底的白色運動服。

「快點！妳不出去我沒辦法出去。」人一晃又到了門口，他不滿地瞪著還呆站在原地的我。

我點點頭，目光在他身上溜個一圈……是說，白色這麼保險的色系都可以作到有色差，也是種天賦就是了。

我從第一次看他試穿就有的感想，再次冒出了頭。

察覺到我內心想法的，爵立刻一眼瞪過來……很好，我身後的壁燈爆了。

默默把添購燈泡列入外出的清單，我背起包包，很恭敬地請爵先行走出門。

「妳不先出去，我沒有辦法離開。」

爵擰著眉，一個停頓後再度揮動他萬惡的手指。

我的人自動就飛撲到他懷抱，這次飛得有點過高，嚇得我趕緊抱住他脖子以保持平衡。然後，傳說中很浪漫的公主抱姿勢就完成了。

我想在絕大多數時候來個這麼一招，我是挺開心的，但絕對不包括這個時候——

正值上班上課的尖峰時間，就算現在是暑假，也是一堆爸媽帶小孩準備出門送補習班、托兒所，被抱著的當然也有，但是被抱著的高齡如我的……僅僅一個。

這時候，我就很感念每回某人強制我飛過去抱他或給他抱的時候，都會臉貼上他胸膛這個附加條件了。

既然我跟我的上下左右鄰居不熟，那就繼續保持下去，千萬不要製造讓他們認識我的機會好了。

「可是他們都認識妳欸！」爵很沒頭沒腦的一句，瞬間把整個電梯的目光都聚集過來。

「閉嘴！」我恨恨地在他胸口位置一咬，沒辦法，這種活動空間我只能當個「君子」了。

在內心威脅著爵，直到遠離住家大樓五百公尺外的小公園才准把我放下來，被抱著走了老半天，再次踏到地面時，我還真有點不適應。

不過，我是絕對不會承認被抱著走其實還滿舒服的！

「妳這樣……是不是就是所謂的傲嬌啊？」爵脫口而出一個他昨天看電視學到的新名詞。

「講正經事，不要注意這些五四三。」我一眼瞪去，為了表示自己對他一點意思也沒有，退開了幾步，拉出距離。「你說可以出來找你的新娘，那你打算怎麼找？」
爵沉默了一會兒，雙手一攤，「不知道。」
這回應說有多欠揍就有多欠揍！
但我似乎已經有種很悲劇的習慣感，只有生氣的念頭，倒是沒其他表示了。
「你要我玩嗎？」
「他們當初只跟我說，這個發光了就是可以開始去找我的新娘了。」
爵的手掌一翻，跟上次那個寫著相聲台詞長得一模一樣的卷軸出現在手中，不同的是，它帶著淡淡的流金光澤，微微浮在他的掌心上頭。
……這年頭神也流行語焉不詳嗎？
我抬頭望著天空，直想嘆氣。
「那，總有點什麼線索吧這裡面。」
我記得爵上次說過，他有寫有新娘條件的東西在的。
「應該有吧！」爵偏頭想了想。
「那你打開來看看啊！」我翻了個白眼，這麼簡單的動作還要我講喔？
爵搖了搖頭，「我打不開這個，這個只有我的新娘可以打開。」
我默了。
「你不要跟我說，你打算拿著這個玩意，路上碰到人就叫人家開開看……」
冷汗滑下額際，我衷心祈禱著某人的腦袋最好不要給我呈上下擺動，不然我不知道我克不克制得住揍他的衝動。

「這招不錯，妳難得這麼聰明耶！」

事實證明，他沒有做出這動作，但是他的話，帶給我同樣甚至更旺盛的衝動。

「……撇開這個沒用的線索好了，你要來找新娘之前，總該有些基本想法吧？」既然該有的參考值不成立，那我們只好重新建立一個，反正找新娘的是他，拿他的喜好當參考應該也不會有太大偏差吧？

「唔……」

爵聽完我的話，很認真地思考起來。只是半個小時過去，我已經站到腳快抽筋他卻連個屁都沒有，我決定再改變方式。

「算了，不然我問你回答，這樣比較快。」

拖著他走向最近的長椅坐下，我覺得這可能會要花上很長一段時間，要我繼續站著我會瘋掉。

「性別有限制嗎？」

頭一個問題，我得先確認一下最大的方向。

戀愛性向是個人自由，不過，我總得先知道這卷軸他是想拿給男的開還是女的開吧？

「女的。」爵瞄了我一眼，似乎是在思考著什麼……

我被他盯得很不爽，因為他那個眼神非常像是在質疑我的性別。

就算很少不代表沒有好嗎，王八蛋！而且你是想要多大才叫標準啊！我在心裡暗罵著。

不過看來身材這個我應該不用問了，假設最低點是我，那我只要統統上調大概就是他的基本參考值了。

「種族有限制嗎？」這個問題我個人也覺得滿重要的。畢竟我又不是神，我怎麼知道神選新娘時有沒有種族歧視。

「什麼廢話！」爵瞪著我，好吧，我想我知道答案了。

接下來幾個問題，我們就在白眼、瞪眼的交雜中度過。我發現拷問也是個體力活，這麼一番問下來，我的身心靈受到嚴重的摧殘，不排除是因為我對上的是個神（我堅持他是神經病）的緣故。

「欸，那所以，你現在就是沒有對其他人下暗示，大家都看得到你的狀態？」

關於新娘的問題告一個段落，我忽然想到另個也很重要的問題。

「對啊，不然我要怎麼找新娘？」爵一副「妳怎麼問這麼白痴問題」的模樣看著我。

「那好，從今天起，你不准給我只穿個浴袍在家裡亂晃，更不可以圍著一塊布！」

「為什麼？這樣很熱欸，而且妳不會要我一直穿著這套醜不拉嘰的破布吧！」

爵憤怒地扯著他身上嚴重色差的白色運動服跟我抗議，我只能表示萬分無言，這套全身覆蓋度達98%的運動服你說它是破布，那你平常圍的該怎麼算？

「妳什麼態度，那可是神界最流行的打扮欸！」

「神界很缺錢嗎？」我突然拋去一個問題，爵面露不解。

「不然你們幹嘛這麼節省布料！」我拋下話，也不等他反應過來趕緊落跑，只是……

「靠。」

千言萬語抵不過一句話，我怎麼就忘了他萬惡的手指頭。

又一次撞進他懷抱裡，直接拿我日漸脆弱的鼻子跟他的胸膛kiss的瞬間，我很痛地恢復著記憶。

微風撫過小公園揚起一片沙沙的細碎聲響，長椅上面容帥氣，穿了一身色澤很詭異的白色運動服仍不減半分英俊的男子，懷抱中摟著一個嬌小的女孩，兩人靠得極近，交換著絮絮私語。

當然實情根本就不是這麼一回事。

「……你一定是故意的……」捂著鼻血傾巢而出的鼻子，我甕聲甕氣地抗議著。

就這幾次的撞擊力道，我嚴重懷疑，這傢伙分明就是要報我之前甩他窗戶的仇！

「我的胸膛怎麼也硬不過玻璃吧，而且妳也有享受到福利不是？」又整個無視我隱私直接聽心聲的爵回嘴著，手撥開我捂著的雙掌，輕柔地劃了劃，「吶，雖然我也不爽妳甩我窗戶，不過我是神，我不跟妳這小傢伙計較。」

我齜牙咧嘴了半天，發覺痛感漸漸消散後，才慢半拍地發覺他剛才是在幫我減緩疼痛。

「……放我下來啦，我先帶你去買衣服。」

買完，好趕快去找你那個該死的新娘人選！

我用力推了推爵的胸口，還真的是被虐習慣了，他稍微對我好一點點我就反應激烈得心都快跳出框來，這樣真的很糟糕，我得努力趕快轉移自己的焦點才行。

「我不要運動服喔！」爵嘴上強調著，手倒是很聽話地放我下來。

只是他的腦袋解讀真的非常之兩光，說放就放完全不會管前一秒是什麼動作，饒是我動作快，才沒有摔倒在地。

我恨恨地瞪向他，他好像也知道自己理虧，搶先接話堵去我第一時間的開罵。

看個衣架子一套套展現似地試穿是件很賞心悅目的事，只要別去翻開吊牌上的標價，的確是這樣沒錯。

望著旁邊店員小姐懷抱中那一件又一件爵大爺認可，入得了他眼睛的衣服，我曾嘗試地翻了一件，差點沒被倒吸的氣給噎到。

一失足成千古恨，我萬般後悔自己讓他踏上這層樓。

「小姐，妳男朋友真的身材好標準、好帥氣，穿什麼都好好看喔！對了、對了，這款我們也有作女生尺寸，小姐要不要一起試試看？」

眼見大筆生意要入袋，店員小姐笑得嘴都快裂到太陽穴了，更是竭盡所能地灌迷湯、搧風點火。

瞧——她這麼一說，某大爺又指名一件了。

「……你選這麼多，是打算在我那兒賴多久？」我在旁看到都已經從驚嚇到無感，神經已經疲軟到無反應了。

收銀台上的衣服堆得小山似的，這一天換三、四套都可以輪上三、五個月的份量了吧！

「有備無患嘛！」爵對著我賣弄起成語，不用說，這也是他看電視學來的。

「你給我挑一兩套就好，不要這麼浪費，我沒那麼多錢。」我咬著牙低聲對他說道。媽的！你一個短暫居留的神跟人家買什麼GUCCI、PRADA、ARMANI！

「妳不也滿屋子名牌？」爵偏頭看向我。

「……那不是我的。」聲音陡然高了個八度，我從那堆小山隨便抓了兩套衣服，拍上櫃檯，「結這兩套就好。」

深深被我的氣勢給震撼到的櫃檯小姐，俐落地打包、刷價，動作流暢一氣呵成。

瞪了還要出聲抗議的爵一眼，我打開包包，裡頭共有三張卡片併放在一起，其中一張是爵給我的黑色卡片，一張是我自己的簽帳卡。

視線定在第三張卡片，我頓了頓，還是抽出自己的那張來。

雖然就算是只有兩套也快榨光我僅有的積蓄，不過，比起跟那個人再有所牽扯……我寧願這樣。

荷包大量失血的痛在心裡撓呀撓的，跟我對於他的咒罵譜成和諧的重唱，幾分鐘後，我們提著好幾大個紙袋離開萬惡的國際名牌精品樓層。

有人立刻大聲喊餓。

不敢挑戰爵大人耐性的我，只好領著他先去解決民生問題。

反正這樣也好，美食街人也很多，搞不好可以有什麼線索也說不一定。不過，爵大人顯然正關注著他的肚子問題，想不到這一層來。

「小豆豆，今天衝進妳家的人，還有妳剛剛想的那個人，是誰？」我才想著，某人忽然開口了。

熟悉的、令我無法反應的稱呼，讓我煞住了腳步，手上提著的包包啪地掉落地面。

為什麼爵會問這個？為什麼他會對那個人好奇？

ch4

兒時搖籃曲

「你、你幹嘛忽然這樣叫我？」我僵著手指撿起掉落在地的包包。

「早上我聽到那個女人那樣叫妳，還有妳剛才想到那個人的時候，妳在哭。」能讀心的爵，一次回答了我問的和我想的問題。

……好吧，在這傢伙面前，看來我是不用想要保有秘密了，除非我連想都不要想。

「不要又給我放空了。」爵跨了幾個大步轉到我的正面，堵住我埋首要往前走的路徑。

「都是故人，反正不重要的就不用提了。」我低垂著頭，不想被他看到我的表情有多麼無措，卻壓不住心頭的煩躁跟慌。

每次只要一提及那個人我就這樣，不管是麻麻，還是現在的爵……

「是因為太過重要，才不敢提起吧？」爵很輕淡地拋出這麼一句後沒有再追問……因為，美食街到了。

「那個，你有什麼關於新娘的感應或線索嗎？」

我怕他繼續問，趕緊扭開話題。

只是似乎扭轉得過頭了，以至於我們開始了完全牛頭不對馬嘴的對話。

「噢，好香的味道，小豆豆，這才叫食物啊哪像妳煮的那些連豬都不吃！」

「不准叫我小豆豆！而且如果豬都不吃，那每次都吃得精光的你不就是豬？還有我剛剛問你的問題咧？」

「給點尊重，我可是神欸妳居然說我是豬！還有我想吃那個——」

我氣喘吁吁、口乾舌燥，用力瞪著我說東他給我回答西的爵，雞同鴨講……大概就是在指我們兩人現在這個狀況吧！

「到底現在是誰要找新娘啊！」

「肚子餓，感應不到。」已然換上一身俐落都會型男打扮的爵扁起嘴，手在肚子上輕畫著圈拍拍，擠出一張好無辜好可憐的臉。

我努力地深呼吸再深呼吸，死死捏著錢包走向他指明要吃的攤位，點了他指明要吃的焗烤義大利麵套餐。

「反正我們都要等餐點，你要不要趁現在看看有沒有什麼線索出現？」找了個雙人座的位置坐下等候叫號，我希望這個麻煩可以越早解決越好，說話口吻異常地積極。

「妳怎麼忽然這麼注意我找新娘的進度？」我異常的積極引起了爵的懷疑。

眼見他左邊眉毛高高揚起，我忍不住就暗嘖了聲。

而對於我的不敬，爵大人的反應除了叫我過去之外，就是……

……砰！感覺後方響起十分熟悉的玻璃碎裂聲，我不敢回頭確認，默默地收起了內心所有的僥倖想法，擠出我最真誠的表情，「我只是覺得既然機會擺在眼前，不把握很可惜嘛！」

如果你可以早點找到，我就可以早點恢復平靜的生活啊！

「妳以為我說找新娘，新娘就會從天上掉下來不成？」從來就不把我的抗議放在心上的爵讀了我內心的想法後，很不屑地嗤了聲。

你都可以出現在我家窗台了還有什麼不可能啊……

我腹誹著，察覺到爵視線掃向我，趕緊捂嘴，沒一會兒又自己鬆了手，「說真的，你什麼方向都沒有要怎麼找，而且這到底跟我有什麼關係了。」

想不通，他找新娘跟他找我有什麼關聯在？明明我也不是他要找的新娘啊！

「我順著氣味找下來，味道最濃的就是妳家了。」爵點了點他的鼻子，我第一時間想到的就是他是狗嗎鼻子這麼靈，結果不知道哪兒又響起的玻璃爆裂聲，讓我一抖。

大人，你可不可以不要再爆東西了，我們好好說行嗎？我發現我脆弱的神經實在難以負荷聽到下一次的爆裂聲。

這樣我以後再也不敢來這間百貨公司了！

「給點尊重。」爵很高傲地拋了個眼神給我，一旁取餐燈號跳轉，我一點也不期待他會起身幫忙，自己很認命的站起來端回兩份餐點，把他的那份往他前頭一擺。

「好啦，那撇除氣味，你還有什麼跟新娘相關的線索沒有？」

「不知道。」萬惡的三字箴言從爵口中吐出，我覺得頭有點痛。

什麼都不知道，這叫人怎麼找？難道真的要用那招很爛的方法——

讀了我內心的爵立刻就接話。「妳說拿著卷軸一個一個查的方法啊？」

「……請不要當真，這很蠢。」我沉默了三秒，誠摯的提醒。

而接下來，我換到更漫長的沉默——

鬼鬼祟祟的兩個人，更正，是一人一神；總之，我們兩個解決掉餐點後，在爵的示意我的執行下，淨往人多、排隊的地方晃，然後像是伺機等待順手牽羊的小偷……

所以，當我們被壓制帶往保全室這個結局，好像一點都不意外喔？

喂，你不是神嗎你怎麼就這樣讓人家把我們兩個抓起來？我瞪著身旁的爵，可以聽見心聲其實還不錯，至少我們可以用這個溝通。

『神是不可以破壞人間規則的。』可是這種方法有個壞處，就是當你聽到有人瞬眼「想」瞎話的時候，你真的很難忍住不吐槽他！

我是普通人，所以我忍不住很正常，所以我開口了：「你放屁！」

「小妹妹，妳做錯事情怎麼是這種態度？」太專注跟爵的對話了，以至於我忘記了我們現在的狀況，那句話吼的是又清楚又響亮，一整個現行犯。

我咬了咬唇，發現整個保全室的人都盯著我看……等等，為什麼都只盯著我看？

『因為我隱身了。』某爵應得是非常理所當然。

去你的！

等到我被緊急 Call 來的麻麻解救出來，已經是華燈初上的時分，拒絕了晚餐邀約，無視爵在身旁的言語轟炸追問著我到底麻麻是誰，我是打定主意不要理這個混蛋，雖然他爆我燈泡時我還是忍不住會皺眉頭——

不過後來，我還是跟他提了提關於麻麻這個人。

又是某天早晨，麻麻旋風似地造訪又旋風離去。

她機關槍式發言的尾音跟門板甩上的振動還在空氣間飄散，我呈現石化狀態躺在床上，旁邊，是把我當抱枕用得無比順手毫無罣礙的爵，正很有起床氣地擰著眉磨牙。

我卻完全無心去管他大爺起床火氣多大，腦袋只有一件事——某人現在又沒有下暗示，所以，麻麻看得到他吧！看得到吧？

我離開石化狀態就不停掙扎想離開床鋪的動作，讓某人很不爽，乾脆伸出大掌，把我又扣回床鋪上，挪好他覺得手感最佳的位置。

「看不到啦！」看我還要掙扎，他丟出這麼一句後，又睡著了。

就這樣，直到爵再醒來，邊配著已經可以當午餐吃的早餐時，又想起這個疑問，話題重啟。

不想提那個人，所以我只告訴他麻麻是誰？

「對了，為什麼你知道麻麻沒有看到？」簡單交代完麻麻是何許人後，我忽然想到他有說過這麼一句話。

「啊，知道什麼？」爵咬著火腿片，一臉茫然。

「你不是說她看不到？」這不是代表知道的意思嗎？

「我怎麼知道她看不看得到？」聳肩、攤手，爵的臉上寫著不關他的事。

……我就知道這傢伙不靠譜……

恨恨地戳著蛋黃，我對於自己居然聽了他的話就安心的睡下回籠覺，深深地自我鄙視起來。

這件事讓我惦記了整天，就擔心麻麻會跟那個人報告，擔心他會來。

我心裡有鬼，整個很不專心。

「欸——好啦，我說她真的沒看到好嘛！她壓根沒看向床鋪這邊而且還有屏風擋著，妳怕什麼！」在吃了一整天糖加成鹽、鹽加成糖的飯菜後，爵受不了了。

「你保證？」我懷疑的目光投射向他。

這種權威遭受質疑的反應讓爵又想要爆燈泡，這人發脾氣就是虐我家燈泡。

「總之，妳擔心的事情不會發生，跑出去的她，腦袋只有想一件事——」爵撇了撇嘴，他留了尾巴的話很成功地勾起我的好奇，眨去了原有的擔心害怕。

「什麼事？」

「妳真的有C啊？」爵忽然沒頭沒腦來這麼一句。

我整個呆掉，很久之後才想通他什麼意思。

此刻冰箱裡滿滿一整層架的食物——牛奶、魚、木瓜、酒釀、豬蹄筋……種類很多，但，都有著一個共同的功效，就是所謂的，對豐胸有益的食物。

默默關上冰箱，對於麻麻帶來的這些東西，我已經無奈到不知道該用什麼反應面對才好了。

然後，再回到那個關於我有沒有C的問題——

「……你可不可以不要一直盯著我看？這是性騷擾。」某人好奇看著某部位的目光，如影隨形，真的是刺眼到一個極致，搞得我又是另一種精神緊張。

「妳不是想知道她知不知道，那我總得知道她想知道的是什麼知道。」

爵一氣呵成地拋出這麼一句，我聽得腦袋都快打結。

「什麼知道不知道，你一個外頭來的跟人家繞什麼文字遊戲。」朝他送去一記白眼，我繼續打著蛋，準備等下的晚餐。

「外頭來的就不是人啊，我這麼好學，妳不是應該要滿足一下我的求知慾？」腦袋橫過區隔廚房的平台，爵的眼神直勾勾地望著我，「那個什麼麻麻的，內心想著要把妳補到C，不過我看妳的內衣標籤都是寫C沒錯啊，所以，哪個是真的？」

「你很想被這個洗頭的話，你可以繼續追問沒關係。」我笑咪咪地把裝著蛋液的碗缽高舉過他頭頂。

求知慾是用在這裡的嘛！

爵立刻識時務了起來，乖乖地閉嘴了。

我還帶有餘怒地多瞪了他一眼，這才轉身把飯跟蛋液下鍋，弄起炒飯。

從那天起，爵不再「欸、欸」的叫我，而是跟著麻麻喊我小豆豆。

我必須再次重申，習慣真的是很恐怖的一件事，被他這樣高頻率地叫著，我從乍聽當下會停頓不安到現在毫無反應，跟個NPC一樣，也真是一大進步。

「小豆豆，飯。」這是討飯時的聲音。

「小豆豆，過來。」這是他大爺又動手強迫我從A地到B地，不容拒絕的聲音。

「……你、你就算要叫我過來，可不可以稍微看一下我在做什麼？」情急之中扯了條毛巾倉促包住，避免走光的我，心有餘悸地喘著。

這人到底知不知道，洗澡洗到一半忽然被強迫從浴室「叫」出來有多恐怖！

就算我常常被他這樣叫來叫去，我還是沒有辦法接受直面朝向門板飛去，在距離鼻尖只有零點幾公分才堪堪打開，然後，直奔某人懷抱的這種發展啊！

我在洗澡欸！

就算這是我家我還是會怕走光的欸！

我極其憤怒地在心裡怒吼著，反正他聽得到。

而這傢伙完全罔顧我正在洗澡就直接把我往外叫的原因，居然只是因為——

「小豆豆，我看完了，幫我開別篇。」爵指著我的筆電。

網頁連結著一個部落格，頁面停留在完結章，是我遇見爵那晚正看著的作者筆下某篇作品。

「……你就為了這種無聊的事情把我叫出來？」我被熱水氳得泛紅的臉蛋變得更加紅豔的另一個原因，是被他氣的。

就因為某人整天小豆豆、小豆豆個不停，吵得我頭都快炸了，我不得已，只好開了筆電叫他看文章安靜些，結果，居然是搬石頭砸自己腳……

最賤的是，某個行兇的還在注意別的地方——

「嗯，感覺妳下次可以叫那個什麼麻麻的不用煩惱了，妳一定有C。」

「媽的，我有沒有C干你屁事啊！」憤怒的抬腳踹向他腰側，趁他因為要閃避我的攻擊而鬆開控制，跳離他身邊衝回浴室，「你再妨礙我洗澡我就跟你拼命！」

臉紅的最後一個原因：都快被看光了我還不害羞我就不是個女的！

雖然說爵這個傢伙非常罔顧人權，不過這樣鬧著弄著，我們還是整頓出一個雙方都能接受的相處模式。

他能不能接受我不知道啦……總之我接受了，雖然我很不甘願。

「接受」真的是個帶有強烈暗示的詞彙，很多東西呢，說接受了還真的就不覺得它奇怪了，就算偶爾想起來，也就是想想，沒更大反應了，一如我現在。

一個多月前要有人跟我說我會變成個煮飯婆，打死我都不信，但現在呢……我敢發誓，我這一個多月已經把之前N年的配額都補齊了。

可我很委屈地當個煮飯婆，某個飯來張口、茶來伸手，完全廢物形象的傢伙還很有話嫌。

「小豆豆，煮這麼久妳居然一點進步都沒有。」

「宮保雞丁要辣呀，不辣叫什麼宮保雞丁，而且妳怎麼不放花生米……」

「你再吵你來煮！」

「我不會。」

「那就給我惦惦！」

在廚房裡忙和著，我真的是感嘆氣質跟青春小鳥一樣一去不回來了。

「沒有的東西，妳要它怎麼回來……」

手起刀落，砧板上那塊排骨是斷得乾乾淨淨，骨肉分離。

「我看電視去。」某神立刻安分當起君子，回客廳看他的電視去。

你說我人生到底為什麼那麼悲劇？

能撿個帥哥是不賴，可他是個腦袋有洞的。

握著鍋鏟在鍋裡翻炒著，我真的很悲傷。

而自從爵來了以後養成的另個習慣是，每一次晚飯後，我們都會以住處為圓心向外循個方向，借散步之名行找新娘之實——

上次那個愚蠢的方法被我做了改良，我要求爵把卷軸變成了手機拿在手上，假裝著拍東西的動作，如果有什麼異樣，那就代表有線索了。
雖然蠢度依舊，不過這個動作做起來至少不會被當成扒手……頂多，就是亂拍照被人瞪而已。
不但殺傷度減輕很多，而且還有個好處，就算來不及反應，也可以藉著慢慢看照片去找線索。
我真是佩服我的冰雪聰明。
「妳好像沒這個東西喔……」正對著路邊一隻橘色虎斑貓咪拍照的爵，頭也不回地應著。
我一秒就把我的腳往他背上放，白色的棉質外套上立刻印上鮮明的黑腳印。
職業無貴賤，新娘無種類——這是我在爵大人給不出絲毫建設性線索後，沒辦法的辦法。
既然人選比大海撈針還要困難，那我也只好寧可錯殺一百也不放過任何一個，只要是目光在爵身上，或爵在對方身上停留超過一秒的通通拍照！
這就是現在爵蹲在這邊拍貓咪的原因了，因為這位貓同志剛才經過了爵身旁，對著他友善地喵了下。
「小豆豆，妳剛剛……」被我踹了一腳的爵回過頭的微笑有些猙獰，大概是感受到殺氣，虎斑小貓迅速跑掉，我露出一個很憨的笑容，退了好幾步。
「那個，鞋髒了……」呃，不知道我現在轉身跑掉來不來得及？
「妳，給我過來。」

我的渺小希望當然是沒有實現的可能，只見爵大人手指勾勾，我人自動地撲進他的懷抱，什麼都來不及作，喀嚓一聲，爵忽然拿著卷軸變成的手機對著我們兩人按下照相鍵。

「你、你幹嘛？」雖然是我提議要爵這樣作，但，我還真沒想過這動作會有實行到我身上的可能。

「妳不是說視線在我身上停留超過一秒，或我在他身上視線停留超過一秒的，就拍下去？」爵一副很理所當然的說著。

「我說的是別人又不是說我，你拍我幹嘛！我又不是你的新娘！」我一噎，說不上為什麼一陣羞惱湧上腦袋。

「妳很奇怪欸，幹嘛還要分什麼別人啊我的，自己講達成條件的不分種族、職業、性別、星座、血型，先拍再說的欸……」

我們兩個就這麼無聊地吵了起來，你一句、我一句地邊吵邊往回家的路上走。

大概是吵得太開心了，誰也沒留意到，爵手上握著的手機忽然泛起了淡淡的紅色光芒，隨著我們回家的距離漸漸、漸漸轉弱……

日子，很平淡也很不平淡的一天翻過一天——

一回生、二回熟，第三回我只能說跟ＮＰＣ一樣，毫無反應，就是個ＮＰＣ。

還是提著大包小包風風火火地衝進我家的麻麻，這回她沒東西擱完就走人，所以我也總算跟她講到話了。

「小豆豆，看到妳這麼膨皮、膨皮（台語）的我真開心。」魔爪在我臉上搓啊揉的，麻麻笑得是一整個春光燦爛，但好像壓根把我身邊杵著的那尊大佛視若無物。

「看不到？」我忍不住瞟向爵，微瞇著的眼裡問著。

爵聳聳肩，搖頭表示看不到。

這樣回應的同時，他大爺也把上衣給扒了。

這是我另一個不能理解的煩惱了！

天氣熱歸熱，但位處高樓總還是有風的，再不濟還有冷氣吹，為什麼他每次只要我一不注意，就非得脫衣服不可？

說熱？就不知道哪個每天把我當活動抱枕！

床都讓了也不讓我安生，這傢伙真不知道每天早上睡醒這種近距離震撼，對人心臟不好嗎？

扁扁嘴，我沒能出聲，只能在心裡想著要他克制點，另一方面又很鴕鳥的覺得反正麻麻看不到，也沒太大差別……

「老媽，妳別蹂躪我的臉了。」在搓圓捏扁中維持口齒清晰，我也是很努力。

老媽是我對麻麻的一貫稱呼，就她對我的態度跟名字的諧音，我個人認為那是非常實至名歸。

「呿——我才幾歲呀孵得出妳這麼大的女兒，而且妳要真是我女兒，這輩分豈不更亂？」麻麻又捏了捏我的臉，終於肯放開手，「前些天叮嚀妳的還記得吧？開學了記得去上課！」

「……一定要嗎？」我忽然像洩了氣的氣球，扁了。

「吶——現在還是我來叮嚀，開學了妳沒出現會換誰來妳懂的。」麻麻本來笑得像彎月牙的眼定定地瞧著我。
不用多說，我們都知道是在說誰。
我被她看得一陣汗，匆匆抓起水杯猛灌著水以掩飾我的不安。
沒料想麻麻忽然來了一句：「奇怪，我總覺得這屋裡有男人活動的味道。」
我噴了。
「咳咳……老媽妳別亂說啊，我這邊怎麼可能有男人……」狼狽地擦著嘴邊水漬，我笑得非常心虛加尷尬，眼睛在屋裡不停掃視，確認著有沒有哪兒漏了餡。
我記得，爵的衣服我都用箱子收好塞在衣櫃最裡面，可能顯現出屋裡有兩個人的，例如碗盤、杯子什麼的，我也都用完第一時間收拾乾淨，麻麻這幾次來也沒有碰冰箱以外的地方啊……
「小豆豆，妳怎麼了？」
「直覺。」麻麻給了我一個萬分認真的表情，看得我一個不察，被自己的口水給嗆到。
「我、我喉嚨癢。」我連忙又吞了幾口水，好不容易止住了咳。
而某尊大神正很幸災樂禍地在旁邊大笑著。
我憤怒地瞪去一眼……媽的！衝著人家聽不到他、看不到他就囂張是吧！
「小心別生病呢。」麻麻又幫我倒了杯水遞來。
「妳這身體，病菌想染指好像有難度吧？」爵湊上前跟我咬著耳朵。
「……滾啦！」這麼靠近的距離，他的呼息就在我耳邊撓呀撓的，登時讓我整個很不自在，又不方便大動作推開他，只能在心裡咒著。

而難得他這個偷聽心聲的功用在這時派上了用場。

不然要是我直接開口回話，麻麻肯定把我當神經病。

平常一個月才出現一次的人，這次沒多久就衝來三次，可以想見有多麼不放心我。

說到底，其實也沒信任過我吧……那個人。

「好啦，我答應妳我會去上課，妳就不用一直來盯我了。」思及此，我低下了頭，淡淡應著。

如果這是他想聽到的答案，那我照辦就是了。

「哎——其實他也是為妳好嘛，就別這麼抗拒了。」把我明顯轉為低落的樣子看在眼裡，麻麻輕嘆了口氣，拍拍我的腦袋後就離開了。

待到麻麻離開，我撐著的笑臉一垮。

「妳明明很在乎那個人對妳的看法，為什麼又抗拒他對妳作的一切？」看著我驟變的表情，爵一出聲就是直切主題。

「……我不是跟你說過不要隨便聽人家的心聲嗎?!」一想到那個人，我的心情就變得萬分惡劣，口氣難以克制。

「我不用聽也感覺得出來。」爵忽然湊近的臉蛋跟我對望著，距離近得讓我忍不住後仰，卻好像把自己壓入了更尷尬的位置，進無可進、退無可退。「妳很在乎的那個人，是誰？」

低沉醇厚的聲音鑽入了我的耳朵，止住了我原本掙扎要躲開他的動作，只能呆呆的跟他對望著，腦袋裡有個訊號，叫我開口——

「你又濫用法力！」忽然一個激靈，我用力推開了他，快步衝到客廳的另一端，理智也回了籠，這、這傢伙……

我敢發誓，這傢伙在看到我的動作跟反應後，很不屑地嘖了一聲。

「幹嘛不說？」

「我幹嘛要說！」

「小氣！」爵那個撇嘴的表情，看起來實在有夠欠揍。

幾個大跨步，我好不容易跑開的距離又被他拉近，我轉身要跑。

「妳，給我過來。」接下來的發展，非常不意外的我又是被帥哥抱個滿懷。

這雖然是件很幸福、很享受的事，但經過這一個多月的洗禮，我只能跟你說，這天殺的其實一點都不幸福享受！

「放、放開啦……」臉又被強迫性地直面壓在胸膛，在呼吸困難中又要講話，是難上加難。

「放開妳會跑。」爵一副我跑離他很不應該的樣子。

拜託，就他的舉動，我不跑我是白痴。

可是此刻要不讓他快點放開我，我真的會沒氣。

「我保證我不跑……行不行？」

「妳心裡想著，在下來的第一秒妳不會跑。」

有個會讀心聲的人在旁邊真的很討厭，媽的都沒隱私了。

「你不要追我，我就不會跑啊！」因果道理懂不懂！

呼吸忽然一鬆，某人放開了對我脖子以上的限制，讓我得以免於窒息。拜託，說出去多丟臉，死因居然是在帥哥懷中窒息，感覺就很像個色女。

「可是，我很好奇啊……」

我轉著脖子活動時正好抬頭，對上了爵一臉好無辜地扁著嘴嘟囔。

……該死的，剛剛他用聲音騙我沒成功，這下我自己中招了。

在被他這個動作給震得七葷八素，找不到南北之前，我還真不知道原來我這麼有母愛，看到他這種幼犬型的表情居然就落套了……

「不要好奇這些亂七八糟的……」戰鬥力、防禦力在他的這種表情下完全宣告潰堤，我只能消極掙扎。

「多瞭解一點，才能多認識一些不是嗎？」爵又使出誘哄式的口吻。

的確啊……說出來又沒什麼，那我何必這麼堅持？

我咬了咬唇，卻還是沒有說出口，但也不免想到了答案。

奇怪的是，爵忽然就這麼放開我了。

我想，他應該已經從我的心裡聽到答案，也就不繼續問了吧！

只不過整個場面就這麼冷了下來，打他來之後一直都是吵吵鬧鬧的，忽然這樣，我還真不習慣。

「欸，不要那麼安靜，隨便說點什麼啊！」我伸手推了推爵，忽然能理解他之前老叫我不要放空的原因。

有人在身邊卻沒人接話的感覺，真的很怪。
思及此，我忽然一陣失笑。
爵不過才來了多久，我居然就有這種想法了呀……
「我在想，剛剛那個叫麻麻的說妳要去上學，妳是幾歲？」
叫他隨便說說，他還真的就隨便開了個話題。
「17。」
「看不出來這麼年輕……哎喲！」
「去你的！我一個陽光青春美少女你居然說看不出來！」爵的回答，讓我忍不住伸手用力擰了他一把。
「明明就兩光愚蠢霉少女……欸，君子動口不動手！」不知道打哪學來這些詞彙的爵，很順地應著，換來我一陣暴打。
「誰跟你君子！我女的，跟小人一樣難養懂不懂，而且你也不是君子啊！」我又踢又踹，反正他皮厚肉粗很耐打。
「喂——妳再這樣我就要動手了。」爵閃躲著，又要動用他萬惡的手指頭。
「每次都這招你有沒有新梗！」想著就這麼點距離，他勾手要把我空抛也抛不到哪邊去，我先打再說。
搥著打著，我忽然動作一僵——爵真的忽然就「君子」了一回，他不動手了……動口。
唇瓣上相貼的觸感迅速地竄上腦袋引發大當機，我瞪大著雙眼，看著他極近距離放大的臉……這、這哪招啦！

「看來這句話滿有用的，動口真的比動手有效，妳馬上就安靜了。」逞兇完畢的爵，還很滿意地舔舔唇下評論。

古人的智慧，是這樣給你扭曲的嘛！

「你變態啊，誰准你亂親人！」我憤怒地瞪著他，無法克制臉上熱度的飆升。

「我哪有，我看很多人都用這招讓對方安靜。」爵回得很無辜。

「你這傢伙……到底哪邊取得這種絕對不正確的知識？」

「妳書櫃的小說跟電視。」罔顧人隱私的爵，非常迅速地替我作了解答。

「給我忘掉這個招數。」我恨恨地說著，忽然理解焚書坑儒的確是有那麼一點存在的必要性。

因為我現在就很想燒掉那些誤導爵的東西，順便把他給坑了。

「喔對，這還可以當作簽契約。」

爵還很不怕死的補充一句，瞬間讓我想起這一切悲劇的開端。

「還不都是你這王八蛋的毛！」我羞惱地用力往他小腿骨一踹。

如果內心的聲音可以具現化，此刻我應該是使出了獅吼功。

或許是因為想起那個人的關係，又或許是因為爵那個差點沒嚇死我的「君子之吻」，也可能兩者都有……總之，那天晚上我作了好多個夢，斷斷續續，相關也不相關的……

我當然也夢到了跟某個傢伙 kiss 的場景。

不管怎麼說，跟個帥哥接吻還是滿令人印象深刻的，就不能怪我日有所思夜有所夢嘛！

只是，夢裡的台詞在我清醒後回憶起來，只能用「惡寒」來形容。

夢境裡，爵帶著深情而迷人的笑容把我摟在懷裡，微微勾起下巴。

「妳就是我的新娘……」

他貼得極近的呢喃隱沒在覆上貼合的唇瓣中。

我想，我大概是抽風了才會想出這種畫面。

爵還是走原本的抽風路線吧，這麼文藝、這麼瓊瑤的路線太不適合他了。

不過話說回來，連自己的夢都要吐槽，我也真夠無聊了。

我迷迷糊糊地想著，就這樣半夢半想，到了下半夜的夢卻像是一百八十度大轉彎，我夢見了我的小時候。

微暗的、空無一人的房內，要高仰著頭才能看見的門把，伸直了手也無法移動半分，小小而密閉的空間內，只有我一個人縮在角落，盯著緊閉的門，期待著它會開啟。

多麼熟悉的場景。

它在我的童年裡總是一而再重複的。

直到有一天，有雙溫柔的手握住了我，輕輕把我拉起——

「……小豆豆，不要難過呀，妳不是一個人的，我怎麼捨得這麼讓妳一個人呢！麻伊媽咪會一直陪著妳的……」

「要記得，有一天會有個人代替我來到妳的身邊，他會一直、一直陪伴著妳，妳知道媽咪不會騙妳的呀，所以在這之前妳要勇敢，不要難過，知道嗎？」

這個人就是麻麻的姊姊，也是我真的喊過「媽媽」的人……雖然，她不是我的親生媽媽。

她告訴我，她會一直陪著我，我也是這樣相信並期待著。

只是我還來不及記住她給我的一切，那雙手又放開了我。

第二雙把我從這個密閉裡拉出來的手，是那個人。

他將我帶出，只是因為這是他對某個人應下的承諾，而他又是很重視承諾的人，所以不得不這麼做。

第二個是，那個人。

「……麻伊媽咪，我一直都記得妳的話，妳說不會騙我的，但妳還是離開我了……」

夢裡的小豆豆跟我並立著，我們說著一樣的話。

一樣，但已經不再了。

感覺頰邊隱隱約約的溼意，我卻不想睜眼醒來。

我知道這是夢，但也只有在夢中，我還可以再看到麻伊媽咪……

「不要難過，我會陪著妳的……」

恍惚間，我好像聽到了爵的聲音，一聲一聲的低語安撫著我。

麻伊媽咪對我露出了微笑，揮了揮手。

淡去的身影讓我有些慌亂，但是那個聲音在耳邊繞著、繞著……漸漸地，我陷入沉睡。

ch5

門後的等待

「我也要去！」

「不准。」

轉眼就是開學日，本來結束假期要恢復正常作息已經很痛苦了，現在還多了一個煩人精。

我草草弄完早餐往桌上一擱，就抓起制服衝進浴室更換。

「妳不給我跟還這麼敷衍我！」外頭的爵哇哇大叫。

我聽得耐性告罄，也跟他回吼過去：「吵死了，我早起還要幫你弄早餐已經夠煩了，你不吃拉倒！」

「妳什麼態度！」

「欸——不准趁我在浴室把我叫出去，我們約好了！」

感覺到他有可能又來這些老招，我趕緊出聲。話要再說晚點，搞不好我又要直面撲門了。

外頭沉靜了一會兒，我趕緊把釦子扣好，抓著還來不及繫上的領帶離開了浴室。

「反正我要跟！！！」門把一扭開，爵那顆大頭就堵在外頭。

我想也沒想一掌巴開，「裝無辜也沒用，我不會讓你跟，你也別想用那招逼我。」

回到餐桌前，我端過自己那份吐司夾蛋啃著。

總算在「出門」這件事情上，讓我找到了些許優勢。

因為根據爵的說法，簽了契約的神不能離開契約者的居所，除非契約者基於自願的意識下同意。

雖然，我總覺得這契約聽起來比較像是魔鬼在跟人簽的，不過在這種時候我不得不說，這但書寫得太好了，只要我死咬著不肯同意，又先把話放在前頭，某人就沒轍了。因為就算他用那一百零一招逼我就範，也是違反規定啊！哇哈哈哈——

我得意揚揚之際，冷不防耳朵一陣嗡嗡亂叫，我想，大概是爵用他們的語言在咒罵我吧！

我忍！我不為所動地橫他一眼。

「那，妳什麼時候回來？」耳鳴過去後，無奈卻也得認份的爵咬著他的早餐，悶悶地問著。

「下課啊！」什麼白痴問題。

我吞掉最後一口早餐，抓起包包，帶著勝利的微笑跟只能死巴在門框邊不得越界的爵揮揮手、說掰掰。

門啪嗒關上，把爵的咒罵也給關在裡頭。

瞬間的安靜讓我忍不住吐了口大氣……好一個熱鬧的早晨。

在這個傢伙離開之前，我每天都得度過這種生活嗎？我忽然很頭痛。

電梯噹地一聲開啟，裡頭三、五個同棟大樓的住戶牽著各自的小孩也要下樓。

接收到他們看向我的目光，我低下了頭快步走入電梯內，直靠到最裡頭的角落。

『欸，小三是什麼意思？』

「啊！」腦袋忽然響起爵的聲音，嚇了我好大一跳，忍不住尖叫出聲。

「你、你、你不是關在家裡我怎麼聽得到你的聲音?!」本來想低調卻意外引起整個電梯的人注視，我頭埋得更低了。

『我誰啊！這麼一點小小的心電感應哪難得倒我？只是你們這電梯太麻煩了，我花了點時間調頻。』

一回生二回熟，當爵的聲音再次在腦袋裡響起時，我已經可以很鎮定的沒有表現出任何異樣了。

只是……心電感應還有調頻這東西喔？

『廢話，不然傳錯人那我多尷尬。』爵回嗆著。

……原來他還懂得尷尬這兩個字怎麼寫啊！我整個無語。

『欸——快點回答我，什麼是小三？』不讓我放空，爵又重複了他第一句話問的問題。

「你想知道這個幹嘛？」我在心裡問著。

從這一來一往裡，我知道了他同樣可以接收到我心裡想的話，一切對話就盡在不言中，只是難為我的表情有點囧。

沒辦法，要忍住不開口講話或尖叫實在有點困難。

『會問妳當然是好奇，快說啦什麼是小三？跟妳上次說的什麼三小有關嗎？』

就算是心電感應，也是非常承襲爵一貫的多話模式，不問到答案死不休，而且，電波幅員深廣得超乎我所想像，我人都已經離開大樓不知道多遠了，還能聽到這傢伙的碎念，很堅持要知道答案。

『我已經鎖定妳了，妳走到天涯海角我也找得到，只是時間早晚而已。』某人很體貼地回答了我新的問題。

該死的我還真不希望他這麼體貼，尤其是告訴我這麼殘酷的事實。

……這不就代表我就算不給他跟在身旁，也一樣擺脫不掉他嗎？

如此悲劇的體悟，讓我好想哭。

『哭什麼？快點回答我的問題啦！』

不知道是不是因為沒有面對面，爵接收我心裡想法的速度比原本快上好多，這種隨便想想、隨便晃過的念頭，他都聽到了。

是說，他到底幹嘛這麼堅持要知道小三為何物？從哪聽來的啊？

目前，我的動作顯示為掏出感應卡片要搭公車，間或搖晃著腦袋……沒辦法，我不能開口講話，只能用搖頭跟表情表示我的情緒，雖然這樣看起來很白痴，但，比起自言自語對空氣咆哮尖叫，我覺得這選項好多了。

『喔，我剛剛在電梯調頻聽到的，那些我不知道有幾個的人都閃過這個詞，對象是指妳，所以就接收到了，還有什麼包養之類的，你們人類對一個東西的用詞，怎麼那麼多……』

我手中的感應卡忽然鬆手，掉落地面。

爵後面說了些什麼我已經全然聽不見，直到司機先生催促的詢問我才恍然回神，機械性地撿起卡片刷過，直直走向車廂最後，把自己藏在最裡頭的座位。

……奇怪，我也不是第一次知道鄰居對我有這種看法了，怎麼反應還會這麼大？

在外人看來，的確是如此吧？

不然該怎麼解釋？一個還在唸書沒有打工的高中女生，獨居在高級大樓，吃穿用度全都是喊得出的名牌精品，甚至每一陣子，還會有名車專程來接走她……我自己都覺得我像是被包養的。

『喂，妳怎麼了，情緒太低我很難判讀欸！』腦袋又響起爵的聲音，勾回我剛剛中斷的思緒。

……讀不到嗎？讀不到也好，起碼讓我少點難堪。

我把臉壓在書包中，沉默。

公車搖搖晃晃的前進著，機械似地一站一站報著停靠站名的聲音；爵直接灌入腦袋，不停追問著我到底怎麼了的聲音、車上人聲談論的聲音……都不要聽見好了，聽不見，就不會受傷了。

『媽的！死女人，不要給我裝死，我知道妳聽得見！』

公車忽然急煞，我的頭重重撞上前面的椅背，痛得我齜牙咧嘴！

但更痛的是突然在腦袋炸開的爵的聲音。

我覺得我太偉大了，居然能讓神跟著爆粗口，只是……天殺的！這不是人類可以接受的音量吧！

「你個王八蛋……」我的頭啊……

我完全無法想像我是怎麼安然下了公車，再橫越兩個紅綠燈來到學校的。

因為直到我跨入校門，我的整顆腦袋都還是嗡嗡嗡地亂響，附帶上重度暈眩，再加上……

『喂、喂——摸西摸西，妳不要都不講話啦，我剛剛不是故意那麼大聲的嘛！理我一下，我一個人在家很無聊……』

這段路途中，爵仍然不停地用心電感應轟炸我。

要知道這種直接輸入腦袋的音量是完全沒有打折，真材實料的，這傢伙到底知不知道他嗓門有多大！

「你嘛幫幫忙，我頭暈成這樣要思考都很困難了，是要我跟你說什麼？」

扶著門柱，我現在才知道原來痛苦也是有比較級的。

跟現在比起來，平常那種人體飄移什麼的……只是小菜一碟。

『嘖！怎麼這麼沒用啊妳，暈這麼久。』爵很不屑地嘖了聲，又說起了我聽不懂的話，語調和他之前的完全不同，像是吟唱一般。

神奇的是，我的暈眩感居然在他這樣反覆的呢喃中漸漸淡去了。

「咦？沒想到你偶爾還挺有用的耶！」我的視線清明了起來，那種不適感通通都不見了。

『喂，沒禮貌。』有人又不爽了，『所以妳到底要不要跟我講什麼叫做小三啦！』

我發現不只人盧起來很煩，神青番起來也是很讓人受不了的。

『青番又是什麼？』好奇寶寶的問題焦點，立刻被我剛剛的新詞彙給拉過去。

雖然說解釋這種東西很白痴，不過比起跟他說明小三為何物，我寧願告訴他什麼叫青番。

「……這好解釋多啦，看你自己就知道了嘛！」才想著，我突然像是絆到什麼而往前跌了幾步。

「該死的！爵你又給我濫用法力！」我險險扶住欄杆才沒撲地板，驚魂未定地張望著。

『誰叫妳罵我！』

輕叩了叩辦公室的門板，正常來說，我應該是念高二的年紀，只是，這是正常來說，我現在會站在這兒，那就代表不是正常的狀態……

你說我幹嘛這麼廢話的自言自語？還不就是為了回答某人更廢話的問題！

『幹嘛牽拖我，我只是問妳幾年級而已。』

「是單習郁同學嗎，我是妳就讀的高一A班導師徐文莉。」

辦公室的門打了開來，門後的年輕女子朝我開口，聲音正好和腦袋裡爵的回話一併響起，吵得我有些聽不太清楚，我愣了會兒，才想到她向我介紹她的身分。

「老師好。」鞠了個躬，雖然第一時間聽到自己還是念高一的感覺有點奇怪，可是，這也怨不得別人。

缺曠近整個學期，差點被退學的我後來休學了半年，最後，被安排轉到這間學校重新就讀。

「妳先把這些資料填寫一下，等等班會時間妳再跟我一起過去班上。」

領著我走到辦公桌旁，導師拿了桌上幾份資料遞給我。現在就讀的這所學校是國高中直升的體制，像我這種轉學的學生少之又少，自然有一堆人家國中就先填好的資料要補齊。

『欸，原來妳有名字喔？』

腦袋裡又響起爵的聲音，問了個極度白痴的問題。

我是個人我當然有名字啊！

『我以為妳叫小豆豆欸！』他回應得很快，口氣好無辜。

「我說，神的法力能不能改點在智力上？」這種低智商的問題我覺得要回答都好汙辱我自己。

叩！我的腦袋忽然不受自己控制地往桌上一撞！

突然的聲響引起了周遭老師們回顧的注視，我漲紅了臉埋頭不敢見人。哪有人這樣的，自己問白痴問題還見笑轉生氣！

『咳嗯，尊重點。』

尊重個屁！我在內心嚴重鄙視著某神。

『欸——為什麼妳會念高一？』

我填好了基本資料，然後跟在班導的後頭走向教室，爵忽然冒出這麼個疑問。奇怪，我剛剛有想到原因，怎麼他沒接收到啊？

『就跟妳說了，妳情緒太低的話我很難調頻……小小年紀耍什麼憂鬱啊！』

「關你屁事啊！」

一個沒忍住，我把心裡想的話就這麼脫口說了出來。

「單同學有問題嗎？」走在前頭的班導停下腳步，回頭看著我，微皺的眉頭，顯示著她聽到了我剛剛那句不甚禮貌的話。

我趕緊搖了搖頭，暗惱著都是某人害我又忘了要注意形象。

「學校很注重學生的氣質涵養，希望單同學能夠多多思考再開口。」

『妳還有形象可以注意？』

又是同時出現的聲音，搞得我也忍不住撇嘴，不知道該聽哪邊好？

沒想到，這表情被還沒回頭的班導給捕捉個正著。

看她瞬間沉下來的臉色，我想，我接下來的日子不太好過了……有沒有一開學就得罪班導師的八卦？

『妳要八卦什麼？』禍首之一的爵，顯然不覺得自己害了我什麼，他的注意力，又一次被我剛剛的話給拉了過去。

「……批踢踢的鄉民梗，你要我怎麼解釋？」

『什麼又是批踢踢？鄉民是什麼？』好奇寶寶接二連三的拋著問題。

「……你惦惦好嗎？」我開始覺得煩了。

很多事情在剛開始會怕，真的刀架上脖子，也就沒有什麼了。

我用一種很官方的態度作完自我介紹，然後，在徐班導的指示下，走到教室倒數第二排最後方的位子坐下。

不知道這是不是一種固定模式？

轉學生就是要帶著全班注目的眼光，穿過大半個教室走到最後頭，然後，隔壁就會坐著班上或校內的風雲人物，不是品學兼優的班長優等生，就是吊兒郎當的校園萬人迷——

「妳好，我是班長陳謙宇。」

「喲，轉學生身材不錯嘛！」

我才剛坐下，這一左一右響起的聲音……

『妳可以改行當神算了。』我可以改行當神算了。

腦袋內爵的聲音跟我內心的ＯＳ，一字不差地同時響起。

我現在真的覺得我的二度高一生活，不會很好過了。

『天將降大任於斯人也，必先苦其心智，勞其筋骨……』

某人很賤地在此時背起孟子名言。

接下來，逮著我無法對他做出除了比心裡暗想之外更強烈的抗議，他非常得意地用心電感應轟炸了我一整個上午。

努力在干擾中聽課作筆記，最後我抓狂了——

「很好！今天晚上吃醬油拌飯。」趁著中午午休的空檔衝到沒人的操場旁，我使勁全力地大吼著。

「單習郁，妳就都拿這種東西當飯吃？」

我以為都沒有人的，結果背後突然響起的聲音嚇了我一大跳！

而等一回頭看見來人時，我整張臉都白了。

他，怎麼會出現在這兒？

我的腦袋有瞬間的當機，然後暗罵自己想了個笨問題——單習郁，妳傻了妳，都忘了自己怎麼轉學過來的？

身為學校理事長的他出現在這裡，還需要問嗎？

「回答我問題，單習郁，妳學到的禮節是用頭頂面對長輩不回應嗎？」

清冷的嗓音從我的頭上傳來，像是有雙無形的手捲上我的脖子緩緩收緊，很痛，卻也不得不按照他的話抬頭。

我努力把情緒壓得看不見蹤影，然而光是要冷靜地站在這裡面對他，就快要耗光我所有的力氣。

之前的相處有多密切親暱，我現在就有多難過著想要逃離。

「我只是想到說說而已。」我聽著自己開口發出的聲音，沙啞得不像話。

「如果自己一個人住還這麼不注重營養，妳就給我搬去和唐麻麻住。」他藏在鏡片後打量我的目光，像是刀子劃過一般，不見血，卻銳利得生疼。

「……我知道了，哥。」我微低著頭吶吶地應著，再平凡不過的稱呼，卻重得讓我得使盡力氣方能鬆口。

覺得我的回應搆上他滿意的最低標準後，他沒有多餘遲疑、旋踵離去的背影，殘留在我的視線中。

我的耳邊，還可以聽見他接起手機談論公事的聲音——

「……我是韓習禹，請說……」他報上的名字，跟我的名字是多麼地相像。

那個曾經讓我暗自欣喜，覺得是我們之間更靠近一點的小小相似，怎麼我就傻得沒有發現，這種相似背後的原因？

以為只有在小說才會出現這種讓人邊看邊笑，不懂主角們為何而糾結的劇情，當它在自己身上實際發生時才懂得，有些東西就是會把你傷得莫名其妙，痛得無所適從。

第一次戀愛、第一次暗戀的對象，居然是自己的異母哥哥……我以為他對我的好、對我的關心和照顧，是因為他也喜歡我，結果才知道，他只是受人所託，受那個我打從出生以來從沒見過的爸爸所託，受芳魂早逝的麻伊媽咪所託……

他從來就不是喜歡我，對我好只是責任。

那時候，他把我的手從自己手臂上甩落時所說的話，狠狠地刻進了我的腦海。

麻伊媽咪的過世，讓我覺得自己像是不會泅水的人被丟進茫茫大海裡沒頂，出現的他，我以為會是我的浮木，結果證明了一切都是我太天真，他其實是流沙，越掙扎陷得越快、越深。

我還真的有往死裡鑽的傻勁，但是有人卻一把把我拉起，強迫我清醒。

最慘的不是一直作傻事，而是連作傻事的權利和資格都不被允許。

我的異母哥哥、我的監護人、麻伊媽咪的未婚夫、我學校的理事長——你說，我們的關係到底還能扯得多亂？

「轉學生，妳就這麼大庭廣眾掉眼淚？會搞得很像我們學校排外欺負妳耶！」

又是背後響起的聲音。

我真不懂這是不是也是種流行，怎麼每個人都非得在背後偷聽人家說話再回應？

用手背狠狠抹去不小心蹦出的淚珠，我轉頭，瞪著從一旁樹後跑出來，倚著樹幹笑得吊兒郎當的傢伙。

是剛才教室裡轉學生定律參與者之一。

他沒報名字我不知道他是誰，反正是除了優等生班長之外的那位仁兄就是。

「關你什麼事！」湧上一種被人看見私密的窘迫感，我擰著眉，不願跟他多談轉身就要走。

「哎，不用這麼生分吧，好歹我們現在是鄰居。」他一把扯住我的手，「我就想怎麼有人可以突然轉學進來，原來是理事長的幫忙……」

手腕被他握著，並沒有出多少力氣，但我也甩不開他，只能用眼睛瞪著他，「我跟他沒有關係，請問你可以放開我嗎，我要回教室了。」

「放開妳，當然OK。」他的另一隻手忽然摸上我的臉頰，輕輕蹭了下，「吶，把我的名字記著，我叫陳謙禮。」

他鬆開了雙手，微勾的唇角帶著濃濃笑意，我卻被他看得一陣惡寒……那個，不用把轉學生定律運作得這麼透徹吧？而且，他的名字怎麼那麼耳熟……

我眨著的眼忽然瞪大。

「我跟妳的另個同桌是雙胞胎兄弟，請多指教啦，轉學生同學。」他看到我的動作笑得更開了，很乾脆地證實了我的想法。

我覺得這一個午休時間，讓我的情緒跟海盜船一樣高高盪起又俯衝直下，該用什麼詞形容呢？大概就是痛並快樂著吧？

為什麼？

因為那個自認自己很帥、很酷、很飄撇的陳謙禮同學，做完他自我感覺非常良好的姓名奉告後，便轉身要走。

但是你知道的，他剛剛是倚著樹幹在跟我講話，而我忘了說接觸面是他的背，他似乎也忘了這點，一回頭……你懂的。

『我要懂什麼？是說終於給我找到妳了，就叫妳不要耍憂鬱會害我調不到頻，妳還要！妳剛剛在幹嘛？有沒有偷罵我，那個什麼陳謙禮、韓習禹又是誰啊？』

安靜了許久的腦袋，突然又炸出爵的大嗓門，嚇得我一個不慎，差點踩空樓梯。

「你、你就一定要突然出聲嗎？」我低聲咒罵著：「雖然聲音不是傳到耳裡，但你要知道直接灌進腦袋可是效果加倍得好……好恐怖耶！」

『妳適應力怎麼這麼差？人類這種族，不是評選適應力僅次於小強這生物的嗎？』爵不屑的嘀咕，如實在我腦海呈現。

是說，連嘀咕都能原音重現，這個心電感應的 range 會不會太包山包海了一點？而且……

「……你這是哪裡來的評選？一聽就是鬼扯。」

『天界生物環境保育觀察部物種適應力評選委員會，2011 年年中報告。』爵一字一句地背誦著。

我登時傻眼了，還真的有詞回我！

只是，見鬼的我最好知道這是什麼阿里不達的東西！

再一次深覺不是對方回答不好，而是我自己太笨問了個蠢問題，我很感慨。

『嗯，我也覺得妳滿笨的，居然只是因為對方不能讓妳喜歡，就在那邊傷春悲秋掉眼淚。』

「你說什麼？」我腳步忽然一頓。

我確信我剛剛思考的內容，只有撞樹的陳謙禮還有跟爵的瞎扯淡，而照他說法，剛才我遇見那個人的那段，他應該是接收不到的……

這時我猛然想起，爵剛剛出聲時除了講到陳謙禮的名字之外，也提到了那個人。他怎麼有辦法知道？

『這有什麼難的，我稍微回溯一下妳的記憶就知道了。』

我的指節，因為過度用力而發白。

他能回溯我的記憶，那不是代表什麼都能看見？

忽然有種被人扒光曝曬在太陽下的感覺湧上，不是難過，而是憤怒。

爵說過他是神，那神就可以這樣罔顧別人的心情嗎？

「你以為你是神就了不起？還不是只能寄生在我家才能在人類世界待著。」

『妳不說，也還是悶在心裡也是發爛變質不是嗎？』

爵沉默了好一會兒，聲音變得低沉，重重地敲在我的心底。

「……那是我的自由，你走開！」忽略在他的話之後所湧上的情緒，我在心底大吼著。

而爵的聲音到這裡又宣告中斷。

我記起他說的，一旦我的情緒很低，他就無法捕捉，而現在，我的確心情很差、很差。

我想起了小時候有次在學校跟其他小朋友吵架而被老師罵，回家後，我又哭又鬧地把床上架上的布偶娃娃全部摔在地上踩，把所有人都罵了一遍，嚷著再也不要跟她們好了！

那時的麻伊媽咪，就是把我抱在懷中跟我這樣說著：

小豆豆，遷怒是最沒有用的作為，知道嗎？這樣最難過的還是妳自己呀……

「我知道呀，可是還是忍不住……」

我記得那次的最後，我跟她們絕交了，倔強地撐著面子再也沒有講過話，而後，只要看到她們嘻嘻鬧鬧的樣子，再想起以前我也是其中之一，真的，那種感覺好難過。

然後現在，我又遷怒人了。

其實我知道這些日子，如果我情緒低了點，爵都會想辦法轉移我的注意力，逗我、鬧我，或者是安慰我……我知道的。之前我夢到麻伊媽咪時哭了，那個抱著我，拍著背安撫我的人也是他……

雖然，我總說他罔顧我的人權、把我當小女傭招來喝去，但其實太切身的事他並沒有越界，甚至是今天。

再冷靜想想，我很清楚以我對於那個人的在意，光是名字就能讓很多過往片段閃過的。換言之，我只是情緒化亂發脾氣而已……

『喂，小豆豆，我很無聊，妳下課快點回家喔妳……』爵的聲音再次響起，沙沙的、低低的，不是平常那個囂張跋扈的樣子。

他用他的方式，先向我示好。

「……其實，明明是我的錯呀。」

我眨了眨眼，才發現我變得比想像中還愛哭了。

ch6

燈火闌珊處

我帶著一種類似歉疚的心情回到了家裡，握著門把，我有些猶豫。

「……奇怪，我為什麼回自己家要歉疚啊！」這麼想著想著，我惱羞成怒，用力地拉開大門，卻差點沒嚇死。

「你、你為什麼又不穿衣服！」我遮住了雙眼尖叫著，怎麼也沒想到一進家門，就有猛男秀直接上演，還帶著水珠晶瑩剔透的……

「別裝了妳，手指開的縫這麼大，妳是要遮什麼？」爵很不屑地瞄了我一眼，手指揮揮，我身後的門啪噠自己關上，老規矩，我人又飛了。

「看起來沒壞，小孩子就是要快快樂樂、沒心沒肺的，少憂鬱點不然我很無聊。」爵捏著我的臉頰，一時間，我彷彿變成他手中的黏土，搓過來捏過去的。

而等他大少爺終於滿意了、鬆手了，開口就是：「我餓了，飯。」

我真的覺得我開門前的種種情緒整個白搭，合著這傢伙先示弱是怕沒飯吃啊？奇怪，一個神跟人家計較有沒有飯吃、餓不餓肚子作什麼？

「神也是會肚子餓的，妳當我們真的無所不能啊……都跟妳說要配合規矩了。」爵跟在我後頭也鑽進了廚房，「我想吃昨天那種黑黑的、湯很好喝又一條一條，妳說叫牛肉麵的東西。」

我忍不住翻了個白眼，「先生，昨天那是外面買的，我哪有那種時間替你熬牛肉湯？而且我們冰箱也沒有牛肉好嗎！」

「去買不就好了。」爵那顆毛茸茸的腦袋又湊到我身旁，大剌剌地就往我的肩上擱，「我想吃啦，妳煮。」

「都幾點了買不到牛肉啦，而且沒熬過的湯頭喝起來不夠味道。」我伸手推開他的頭。真不知道裡頭裝了些什麼鬼，怎麼重成這樣，明明就是個腦袋很兩光的傢伙。

「誰兩光了？妳不要汙辱我。」爵很故意地加壓，害得我差點沒把剛拿出來的鍋子給摔掉，「我知道你們人類有種叫做黃昏市場的地方，還有個夜市，所以，買得到。」

「……你很堅持一定要吃到牛肉麵是吧？」而且，為什麼你這傢伙會知道黃昏市場跟夜市？

我不甩他，清洗著鍋子準備把昨天剩的飯加蛋炒一炒了事。

可是某個人像帶了大聲公的背後靈一樣不停地嚷著「牛肉麵、牛肉麵」，只差沒在地上踢腿打滾……呃，好吧，現在有了。

我帶著非常無言的表情，看著在地上假哭蹬腿的爵，要知道一個高頭大馬的帥哥，作這種小孩子動作，真的非常的詭異兼好笑，只是，就是個牛肉麵，需要這麼犧牲形象、搏命演出嗎？

爵停頓了下動作，應該是感覺到我有鬆口的意思吧……他瞄完回頭，嚷得更大聲了。

……沒看過作戲還這麼不專業會偷看人的，我整個傻眼了，而且，這傢伙丟不丟臉啊！一個神跟小屁孩一樣又哭又鬧又耍賴……

「好啦、好啦，我們今天不煮，去夜市吃你的牛肉麵可以了吧，你別哭了……」這傢伙再假哭下去，換我真的要哭了。

「快點走！」一聽到我答應，爵立刻跳了起來，抓了我就往門外要衝，真的是十足十作戲。

「喂，你好歹給我拿一下錢包啊！」我嚇得趕緊叫停。

「我不是有給妳卡？」爵就揪著我的後領，把我跟袋子一樣提到跟他視線平行的高度，一臉納悶。

「……誰去逛夜市刷卡的啊！」

我快昏了，除了被這個動作勒得快沒氣之外，有另一半是被他的話給噎的。

他這些知識到底去哪吸收的，可不可以吸收得完全一點？我暈。

人聲鼎沸的夜市裡，各式小吃攤吆喝著招攬著客人。

小遊戲的攤販前聚集著許多小朋友，撈著金魚、打著彈珠，還有許多賣著各種商品的攤位，熱鬧非凡。

半隨著人潮前進，我一邊看著某個隱身著跟在我旁邊的傢伙，漫無目的地瘋狂拍照，一邊回答著他一個又一個令我想直面向天長嘆三聲的問題……

……你說，我怎麼會知道臭豆腐是怎麼做的又為什麼能吃？它就是種味道特殊的食物，製作過程這要問製作的人我哪裡會懂！

而且你拍臭豆腐鍋幹什麼？你以為新娘會炸一炸就出來嗎？

「妳怎麼這麼沒有求知欲望。」湊在爐子旁看人家炸臭豆腐的爵，捏著鼻子怪聲怪氣地說著。

雖然知道除了我以外，其他人根本看不到他，可是看個腦袋在爐邊皺成一團，又要聞又怕熱又好奇的糾結樣，我忍不住就笑了。

「喲，轉學生。」

「單同學晚上好！」

……我真的不得不說，這世界是有沒有這麼小！

逛個夜市都能遇到熟人，還是麻煩的人種。

僵著脖子轉頭，我看著站在一白一黑並立在臭豆腐攤旁的身影，是滿賞心悅目的，只是……這兩位仁兄啊我們也不熟，你路上看到，就當沒看到就好了喊我作什麼？

「晚上好。」我應話的同時，看著爵穿過油鍋，帶著濃重的臭豆腐味晃回我身邊。

雖然，我知道這對他現在這狀況來講根本無感，可是我情感上還是很難以接受，忍不住那個臉就扭曲了起來。

「宇，看來有人不是很開心看到我們的樣子呀？」穿了一身黑色街頭塗鴉印刷圖樣襯衫的陳謙禮，搭上了身旁陳謙宇的肩，一臉怪笑，「不會是跟男朋友出來約會，怕被人撞見吧！」

「禮，不要這樣子鬧人家。」白色 polo 衫打扮的陳謙宇皺了皺眉。

今天在學校看還沒太大感覺，現在看他們站在一起，的確有雙胞胎的感覺。

「小豆豆，一個是妳今天那個撞樹的陳謙禮，那另一個是誰？」爵問著。

他這麼一說，我想起今天那畫面，視線瞥到陳謙禮鼻尖還有些許微紅的樣子，一個沒忍住就噗哧笑了出來。

「媽的！笑屁啊！」注意到我在看他的鼻子，陳謙禮惱了，「走了，不要打擾人家小倆口啦！」

他揪著陳謙宇就要走，我微愣，偏過頭才發現……

「……爵！」這、這傢伙什麼時候突然解除隱身了啊？這樣會嚇到人的耶！

我囧然地瞄了瞄對面的陳家兄弟檔，但他們的神情卻非常正常，好像沒覺得什麼不對。

「小豆豆，妳想停下吃這個怎麼不跟我說？我剛剛回頭沒看見妳很緊張呢……」爵忽然伸手輕捏了捏我的臉頰，而後滑下握住我垂放一旁的手，笑容裡寫著的是種莫可奈何的寵溺，熟悉得讓我眼睛一陣酸。

「小豆豆？怎麼這麼巧，單同學的小名跟禮小時候一樣，都是叫豆豆。」陳謙宇停下腳步，偏頭忽然笑了出來，冷靜無波的臉上掛了溫潤的淺笑。

相較於他，一旁被點名的陳謙禮表情就彆扭了。

「宇，你幹嘛講這個！」惱怒地瞪著自己的哥哥，陳謙禮的臉色變得很怪，就我看來，他應該就是處於那個傳說中的……

……害羞？

「害喜？」就在我拋出這句話的瞬間，我感覺到三道目光，非常一致且刺目的投射向我的肚皮。

我發誓，我想著的真的是害羞兩個字，可是不知道為啥會脫口而出？更不知道為什麼說出的會是這個詞？

再者……我說夜市裡這麼吵，這幾個混蛋怎麼就都聽得到我的嘀咕？

更何況我才幾歲！

你們是看個鬼啊你們！

不好意思對前頭兩個作什麼抗議，我只能伸手用力往爵的腰間一擰！

這傢伙明明就聽得到我的心聲，是跟人家起什麼鬨？

「咳、嗯——小豆豆，這兩位是？」被我狠捏一記的爵，差點沒喊出聲，連忙用咳嗽給掩飾過去，迅速把話題給帶開。

「班上同學。」我很簡單的四個字，就把關係給交代完畢。

是說也真的沒什麼好講的，我今天也才第一天上課，哪可能跟他們認識到哪去！

「我們是剛好經過，看著眼熟才過來認一下。」陳謙宇拍了拍陳謙禮，要他別再擺臭臉，繼續對著我們說道：「就先不打擾了，明天學校見囉，單同學。」

說完，他拉著陳謙禮轉身離開。

被半拖著的陳謙禮極不甘願地嘖了聲，大概是權當再見吧，也自己轉正身子走了。

「他們兩個，對妳都很有興趣呢！桃花很旺盛嘛小豆豆。」

陳家兄弟檔漸漸隱沒在人群後，爵方才撐著的正經樣就跟著散形了，站是站著，但是那股皮樣已經偷偷露了尾巴。

「桃花個大頭！」我白了他一眼，「你剛剛幹嘛突然就蹦出來，他們沒發現嗎？」

我都快嚇死了！

這麼大一尊突然蹦出來，我要是被抓去當研究對象怎辦？

「妳放心啦，要研究也是研究我，妳這個小鬼有什麼研究價值？」爵撇撇嘴說著，換到我一記狠踩！

他痛得俊臉扭曲，「欸——妳怎麼動手動腳的啊妳！」

「我不是君子，幹嘛要動口，而且先動手動腳的是你吧！」我瞪去一眼，甩開他的手往前鑽去。

就這樣又兜了大半圈，總算讓我找到了賣牛肉麵的攤子。

我點了兩碗麵後，自己找位子坐了下來。

反正，我知道某人一定會跟上的。

果不其然，沒一會兒我身旁的位子就有道黑影落下……等等，怎麼是三個？

我訝然抬頭，左手邊坐的是爵，可是，這對陳家兄弟怎麼也來了？

「喲——轉學生，怎麼又遇上你們了？」

「禮說想吃牛肉麵，正好看見這邊有位子，不介意我們一起坐吧？」

陳氏雙胞胎一搭一唱的，話都還沒完，人就已經落坐拆好筷子等麵來了。

我看了看旁邊兩三張空桌，睜眼說瞎話到這種地步，我還說什麼呢？

只是，原來正牌好學生就只有個皮……我瞄了眼一臉溫潤笑容，與陳謙禮一樣直衝著爵猛瞧的陳謙宇，沒想到這傢伙腸子繞得很！

「既然這麼有緣，我長你們幾歲，不如讓我跟小豆豆請你們一頓，往後，在學校還請你們多多照顧她了。」

爵突然來這麼一句，讓我瞪大了雙眼，他在講什麼鬼？

『作外交呀懂不懂，小豆豆。』

腦袋嗡嗡地又響起了爵的聲音。

我看著一臉笑容，跟著陳謙宇你一句、我一句高來高去的他，整個無言。

這時，我忽然感到有股刺人的目光朝我投射而來，我滿臉莫名地抬頭，對上了坐在我對面的陳謙禮，然後再順著他的視線，看向了我不知到什麼時候又被爵給握住，還十指交扣的左手……

我忽然覺得我像個刺蝟，尖刺倒插的那種，或者應該說是被針山夾擊一樣……因為，就在我發現了陳謙禮正死命用眼神殺向我被爵緊扣的手時，本來正不著邊際聊著的兩人好像也察覺什麼，目光跟著掃了過來。

這場景怎麼似曾相識……是了，不久前才來一次嘛，在我脫口而出那句「害喜」的時候。

我是何德何能還是做了什麼?要讓你們這麼注意我啊……

「你們感情真好。」陳謙宇淡淡地說了一句，跟著，不知道對陳謙禮作了什麼暗示，兩個人就收回目光，不再糾結我被爵握住的手。

沒一會兒點的麵送了上來，也就結束了這個尷尬的場面，只是……

「爵大人，你不鬆手我怎麼吃麵?」我望向仍舊握著我的手的爵，在心裡默想。

「不把妳握好，妳等下又跑了。」他指的，是我剛剛甩下他頭也不回就鑽進人群的事，不過，也用不著十指交扣吧?

想到這個動作，我的臉皮反應很慢地泛起淡淡的紅暈，奇怪，明明是很正常的一句話，怎麼聽起來還會歪掉……

「轉學生，妳光害羞等下麵涼了就難吃了。」陳謙禮忽然出聲。

我抬頭看著挑眉、撇嘴的他，不知道他到底把多少動作看進眼裡，我也不知道他到底陰陽怪氣個什麼勁，但，衝著他這跟雷射光沒啥兩樣的注視久了，我人也毛了，略略出力掙開爵的手，埋頭吃我的麵。

『欸，小豆豆，指腹為婚是什麼？』

「噗——」

才安靜了沒多久，我猛然聽見腦袋裡爵的聲音，一個沒忍住，剛入口的麵就這麼噴了出來。

那個被我波及到的陳謙禮，臉色當場黑得跟包公一樣。

「什、什麼東西？」沒心思尷尬，我睜大了雙眼直瞪著爵。

「沒有，我只是剛想到今天看到的詞，脫口而出。」

爵笑咪咪地衝我眨眨眼，又對著陳家兄弟檔露出個抱歉的表情，再不知從哪兒摸出一包面紙，遞給被我噴了一臉湯汁的陳謙禮，「抱歉，我剛從國外回來，中文不是很好，想到一些詞就忍不住問起小豆豆了。」

應對得非常合理，口齒清晰咬字正確，見鬼的！最好如他所說的中文不好……我暗自轉頭翻了個白眼，沒直接吐槽他。

只是，你這王八蛋幹嘛突然蹦出這句？

我剛才想著照問題，某人就反應迅速地回應了我：『喔，我剛從這對兄弟那兒聽到的，他們說，妳跟他們家有指腹為婚的娃娃親。』

「噗——」我那口湯還沒吞下去，雖然趕緊轉開頭，但，還是噴到了右手邊的陳謙宇。

好吧，雙胞胎嘛……一人一次打平了。

我很囧地低下頭，不敢直接接受他們兩兄弟的目光。

今天過後，我已經徹底明白在跟爵對話時，我是絕對不能有任何進食或喝水的動作了！

可是，他剛剛說的那是什麼鬼?!

「不是鬼，是有娃娃親。」腦袋有洞的爵很機車地給我複述了一次，而且，還是開口講的。

「……我忽然想到我們有急事，先走了，你們慢用掰掰再見。」我一把揪著爵的手，抽了張鈔票往桌上一拍就拉著人快閃，死都不敢轉頭看他們有什麼反應。

「要死了！要死了！要死了！爵你這豬頭，偷聽人家心聲就算了還說出來啊！你這白痴！」死命在人群中鑽著，我心裡那個怒啊！

『有差嗎？他們本來就知道了啊？』在密密麻麻的人群中鑽著空，連聲堆迭的道歉聲中，我聽見爵無辜而納悶的心聲。

非常不開心的他，心心念念著牛肉麵吃沒幾口就被我給拉走。

「我知道他們知道，因為你讀了他們的心聲嘛！可是他們不知道我怎麼會知道，你那樣一講不就代表我知道！」

「什麼知道不知道的？妳怎麼想那麼多有的沒的？」本來一直任我拉著跑的爵，突然煞住腳步。

而被他動作牽引著的我，冷不防往前傾又往後跌入他的胸膛。

「你、你幹嘛突然停下來啊……」雖然不是直面撞擊，而我的腦袋也夠硬，但硬碰硬，就是落下風的那個會很慘，而非常榮幸的，我就是那個永遠落下風的。

真不知道這傢伙的肉是什麼成份？怎麼可以硬成這樣！撞得我頭好痛啊……

「我要吃那個。」爵伸出他萬惡的手指，比著左側一個攤販招牌。

「……你是小朋友啊？」幾個深呼吸，我壓住了下略百字的咒罵，乖乖地上前買了兩串爵大爺指明要的糖葫蘆。

我只能說，這是一種在深刻體驗後的明智反應。

在他肚子餓的時候，真的不要跟他拿翹得太過頭，上回我就是多跟他鬧了五分鐘，結果……我可以告訴你，被人強迫著翻跟斗，世界上下顛倒好幾回的感覺，真的太刺激了！

裹著紅紅糖漿的糖葫蘆，一口咬下甜蜜外衣後裡頭李子的酸顯得格外明顯，雖然，我實在不愛這種味道，可是這種反差才是它的特色。

而對討厭酸的爵來說，我想他應該不想嘗試這個，所以，我買了草莓的糖葫蘆。

天曉得為什麼這時候就有草莓？

不過這也不是太稀罕的事，只要有心都嘛有可能。

「為什麼我們的不一樣？我也要吃妳的這種。」爵的那顆毛茸茸的大頭忽然湊了過來，很直接就著我還放在嘴邊的那串糖葫蘆咬下。

我瞪大了雙眼傻在那邊，看著他極近距離放大的臉蛋，近得……我都能細數出他的睫毛有幾根有多長了，僅僅隔著個李子的距離，幾乎就是 kiss 的程度……

不用這麼 over 吧！你要吃跟我講就好了我絕對雙手奉上，再買一串給你啃夠本也可以啊！

容。

「妳的看起來比較好吃。」李子的酸，讓爵皺了皺眉。

我看著他很快地消滅那顆李子，伸舌舔去唇邊殘餘的糖漬，繼而給了我一個大大的笑容。

我覺得我的心瞬間停了一拍，不、不用這麼煽情吧……大神。

「小豆豆，妳的注意力真的很好轉移呢！」爵點了點我的肩膀，示意我轉頭看另一邊。

「咦？」

夭壽！陳家兄弟檔怎麼又出現了？

我瞪著兩個攤子外的一黑一白身影，這配色真是太恰當了，整一個黑白無常組合。

這次，我連讓他們靠近的機會都不給，一把抓著爵，夜市也不逛了，先閃再說。

奔跑中，爵不知道低頭看到了什麼……他好像有開口，但夜市的聲音太吵雜，我們又正跑著，他說了些什麼我聽不清楚，而等我想起來時，他也忘了。

就這樣直到離開夜市的範圍後，我們才放慢腳步，往回家的路走著。

「欸——小豆豆，我沒吃飽。」

「吃泡麵啦你！」

一如以往，我跟爵一人一句，邊走邊對槓得很歡。

大概就是太歡樂了，我完全忘了我跟他的手還牽著，以至於我看見站在家門口的那道身影時，完全來不及反應。

「單習郁。」韓習禹就站在哪兒，抿唇冷顏地望著我跟爵。

在他出聲的那瞬間，我很下意識地就要甩開爵的手，但卻被更用力地握緊。

像是被盯上的獵物，動彈不得，我望著前方的韓習禹，壓不住心裡的慌，全透過手的接觸傳遞給一旁的爵。

『別怕，有我在。』

我不知道是他能力使然，還是他真的知道我現在最需要的是什麼，但很神奇的，在他這句話後，我的情緒取得了一定程度上的平靜。

「來者是客，不請我進去坐？」我感覺到他的目光掃過了我和爵握著的手，凝視了好一會兒後，才淡淡開口。

也不知道怎麼回事？他態度越淡，卻越發讓我不自在……而且這句話，他說起來不彆扭嗎？

想歸想，我還是走上前開了門，從鞋架上拿下三雙拖鞋。

看到爵萬分自動地把大腳往中間那雙米色男式拖鞋一套，我忍不住眼角抽。

太自動了吧……而且你平常明明是穿左邊那雙深藍色的，我還刻意擺你前面，你是按怎？

『你們沒事幹嘛穿情侶鞋！』照例，我腦袋裡又響起爵的回話。

也是，現在這狀況的確不太適合他開口，只是……我低了低頭看看我腳上的拖鞋，說情侶鞋也太過火了，充其量就是兩雙米色拖鞋嘛！

而且，你管我跟不跟人家穿情侶鞋？

我說爵大人，你這行為我應該歸類為什麼？

「你們先坐，我去倒茶。」我默默地領著兩人到沙發那兒。

這時候已經來不及叫爵隱身了，糟糕，該怎麼解釋這傢伙的身分啊？

「小豆豆，妳坐著陪人家聊聊吧！我來就好。」爵伸手把我按在沙發上，自己起身走向廚房，態度一整個主人家的樣子，看得我非常地囧。

「他也知道妳的小名？」韓習禹輕咳了聲。

我抬頭，對上他偏冷的視線，忍不住僵起脊梁，吶吶地點了點頭。

禮貌上，我想我應該說些什麼不要讓這氣氛這麼尷尬，但不知道為什麼，我的喉嚨像是鎖死一樣，完全說不出話來，隱隱總有股感覺，好像我被叫小名是件罪大惡極的事。

「妳年紀還小，要交男朋友不是不可以，但是要知道分寸，我讓妳自己一個人住，不是方便帶人回家亂來的。」韓習禹的視線往廚房瞄了瞄，先開口打破了沉默。

我驀地站起身，膝蓋因為突然的大動作撞上了強化玻璃的桌面……很痛，我卻無暇理會。

他怎麼可以說出這種話？怎麼可以！

如果可以，我寧願他不要開口。

「我沒有亂來。」我顫著聲音，腦袋盈滿了憤怒。

他有什麼資格說我？

這麼久一次出現在我面前，就只想跟我說這些嗎？

「總之，妳自己知道分寸就好。」對於我的反應，他依舊是淡淡然地回應著。

爵端著沖泡好的茶走了出來，納悶地看了看我，又看了看韓習禹。

「我想起來了，小豆豆，這位就是妳說過很照顧妳的哥哥對吧？看到他這麼激動呀，不過這樣不好講話，快坐好。」

他放下了托盤，將杯子分放在桌上後，拉著我坐回沙發，手一翻不知道從哪弄出了個蘋果糖，塞到我手裡，「吶，我知道妳喜歡吃這個，可是剛剛忘記包好，有點快融了，妳趕快吃。」

我想，他大概又動用了法力，因為我沒辦法開口說話，手也不受我自己控制地握著那個蘋果糖，就往嘴裡塞。

但，根據某人的理解之兩光，這個吃糖果的動作差點沒把我給噎死！還是我一記狠瞪，才讓他解除這個要把整顆蘋果塞進嘴裡的指令。

「小豆豆的哥哥你好，我是陳謙爵。」目光一轉，爵看向了韓習禹，伸出手就是一記燦爛無比的笑容。

我惡寒。爵大人，雖然你外型很健壯牙齒很白，但你真的不太適合這種陽光大男孩風格啊！

「韓習禹。」韓習禹的眸底很快地閃過了些什麼我來不及捕捉，他也伸出手回握，忽地拋出一句：「你跟小豆豆正在交往？」

喀啦一聲，我舔著蘋果糖外層糖衣的動作，因為他的這句話一個反應過度咬碎了糖衣，發出了清脆的聲響，視線忽然有些起霧。

從那之後有多久了呢？他這樣叫我的小名。

明明是他取的名字，卻也是他最先棄而不宣的。

「不是，我只是她的朋友，剛才在夜市遇到她，我有點不舒服，小豆豆說她這兒有藥，讓我跟她回來先吃個藥緩解一下。」爵應得萬分流暢，像是早有準備一樣。

「那你們的手……」果然，韓習禹把這個看得非常仔細。

「喔——我視力不太好，晚上有點看不清東西，所以，我請小豆豆牽著我以免撞到什麼。」爵又是一記陽光燦爛笑容，閃得我眼都快瞎了，「只是，我不否認我在追求小豆豆。」

喀啦！

爵補上的那句，讓我二度咬破蘋果糖的糖衣。

看著那滿佈龜裂紋路的蘋果糖，好醜，而某人這突來一句讓我好囧，但法力控制下我什麼表情都做不出來，只能在心裡鄙視之。

「她年紀還小，如果可以，我希望你可以跟她保持距離。」韓習禹站起了身，邊撫著西裝外套上的皺褶邊說著，末了，看向半受控制著在一旁吃糖果的我，「乖乖上課，對學校有什麼不懂的，可以找跟妳同班的陳家兄弟幫忙。」

說完，他走了。

而爵的法術，也在韓習禹離開的瞬間解除，那個被我握著的蘋果糖掉落在地，已然龜裂的糖衣碎開來，有些半融地沾粘在地上，已經咬了口的蘋果內裡漸漸氧化，在地上打滾。

我忽然被爵攬進懷裡，感覺到布料傳來的濕黏感後我才發現，我哭了。

ch7

剪不斷更亂

「……他怎麼可以那樣子說？怎麼可以……嗝！」我一邊哭、一邊說，最後連打嗝都來了。

「妳喜歡他對吧？小豆豆。」爵的一句話從頭頂傳來，讓我猛地止住了嗝。

「你……」偷聽我？

我愣愣地把臉從他的胸懷裡拔開，仰起那張哭得很慘的臉蛋，傻傻地瞪著他。

「我不用偷聽妳的心聲，從妳的反應再明顯不過。」爵聳了聳肩，伸出手指揩去我臉上殘留的淚珠，「他沒有討厭妳，妳為什麼要這麼難過？」

爵的問題我也想知道……為什麼，我要這麼的難過？

韓習禹不討厭我呀，我知道的。

但我更明白，他也不會喜歡我。

沒有什麼事情是絕對的。

只不過有些事情、有些人看似給了選項，但，你卻無從選擇。

「不討厭，但是想要更進一步被喜歡？」爵的手在我臉上又捏又揉的，一下扳左邊、一下扳右邊，「被喜歡之後呢？」

我一愣，這問題我還真的沒有想過。

「妳也不知道被喜歡之後要什麼發展，那幹嘛糾結他喜不喜歡妳？」爵輕哼了哼，長指往我的額上一彈。

我痛得皺眉，等到痛感散去，爵已經不知道晃哪兒去，而我剛剛想著些什麼我也忘了。

我才在想這房子也沒多大，爵是可以跑去哪兒時，我家大門突然打了開來，爵就站在外頭。

「你——」這傢伙不是說他不能隨便離開？

我瞪著從外頭走進來的他，傻了。

「小豆豆，妳不會忘記剛才我是跟妳進家門的，我要是沒有出去的跡象，不就糟糕了？」掏著耳朵，爵大爺重回沙發落坐，張嘴就是：「飯。」

五分鐘後，我端出了泡麵。

「你哪來的糖果啊？」忽視著爵很鄙視兼痛恨的目光，我清理著剛才掉了一地的蘋果糖，忽然想到這點。

「妳說這個？」爵一邊吸著麵條，手一翻又是一枝蘋果糖。

我瞪著上頭裹著脆脆糖衣，看起來更加鮮紅欲滴的蘋果糖，忽然有股恐懼感，不敢再問下去。

「不用擔心啦，這又不像你們人類的什麼X光機透過時空裂縫過來，不會有污染的。」爵很好心地安慰我，手一擺，那枝蘋果糖又非常強迫性的塞進我嘴裡。

我死命拔，才把我自己從窒息邊緣給救回來。

只是吃個糖，用不著這樣吧！

直到睡前刷牙，我才很慢吞吞地發現這是爵用他很奇怪的方法，轉移掉了我的注意力。

雖然，我也因此被硬塞了兩三枝蘋果糖，不過，的確是沒有再糾結於關於韓習禹的什麼，這時候想起來，也沒了那種繼續追究的情緒。

倒是他離開前說的話，提到了陳謙宇、陳謙禮他們，代表他們是認識的，那……這算是驗證了爵在夜市的話嗎？

我驚悚了。

睡前湧起這個驚悚念頭的下場，就是我作了一個夢，夢裡面還是那個夜市，我被爵牽著在小吃攤裡穿梭，穿著黑大衣的陳謙禮抓著我的右手，說我是他的新娘，怎麼可以跟別的男人拉拉扯扯？

穿著白大褂的陳謙宇在一旁搖頭嘆氣，說著單習郁妳這樣不太好，我們已經有婚約了。

更慘的是韓習禹也出現在我面前，冷著眉眼說著小豆豆妳就這麼不知道禮貌嗎？

……這到底都什麼跟什麼啊！

「啊！」驚醒坐起的連環動作執行了一半，我忽然被橫亙在鎖骨位置的手臂給壓回床鋪。

「乖乖睡覺，小豆豆。」枕畔瀉響起爵含糊的嘟囔，還半瞇著眼將醒未醒的樣子。

我轉頭瞪著他近距離放大的臉蛋，反應超越了理智，一記左勾拳直接奉上……

半小時後，我在廚房裡面煮水煮蛋，一旁的餐桌前，則有個人用含冤帶怒的眼神瞪著我。

我悄悄回頭打量，瞥見爵右眼上掛著的大大黑輪，忍俊不住笑了。

「咳、嗯。」他很用力地一咳。

「就下意識反應嘛……」我掩著嘴，努力壓著笑意。

雖然兇手是我不該笑人家，可是、可是看一個帥哥臉上掛著一圈黑輪，實在太挑戰忍耐力了。

爵微瞇起眼，廚房燈泡閃了幾閃。

「誰叫你又跑到我床上來。」我連忙端正神色。

明明記得之前我好說歹說，才用每天的晚餐換取他大人打消染指我床鋪的念頭，結果咧，才多久他就給我忘光光！

「睡覺就睡覺、作夢就作夢，要不是看妳睡得很不安穩，妳以為我想啊！都不嫌妳連睡覺都不給我安生了，妳居然打我。」爵臭著一張臉，忿忿地一口灌下我幫他煮的賠罪奶茶。

「對不起嘛……」關掉瓦斯撈起煮好的水煮蛋，我用毛巾包著，走到他旁邊，「可能會有點痛喔！」

我盡量放輕了動作，把水煮蛋敷上他黑青的眼周，還是聽到他微微倒吸氣的聲音。

時值半夜，屋裡安靜得只剩下我跟爵彼此的呼吸聲，一快一慢，最後漸漸同步，意識到我一直盯著他瞧的目光，爵也把視線轉向我，一瞬間，我的心漏跳了一拍，一個手出力，帶著微溫的水煮蛋重重壓上他的眼睛。

「哎喲！」

「對、對不起。」我連忙手一鬆。

水煮蛋掉了下去被爵接個正著，然後，這個「兇器」就被受害者給就地正法了！

我呆呆看著爵把蛋殼剝個精光，狠狠咬下，有種那個蛋就像是我的腦袋的錯覺。

「喔，對了，反正妳醒了我也剛好想到，就順便說一說好了。」人道毀滅著那顆蛋的爵，嚥下最後一口後用剩下的奶茶清了清口，忽然來了這麼句。

我疑問地挑眉。

「明天，放我出去走走吧！」爵突然說道。

「啊？為什麼？」我微愣。

我是還記得他有說必須有我的允許他才能踏出家門，可是幾個小時前，這傢伙明明就自打嘴巴了啊？

似乎有些不滿自己的杯底清空，爵皺了皺眉，勾勾手指，我面前那杯奶茶自動就飛進他手裡。

他也不介意那已經被我喝過了又是一口灌下，最後，才用一種像是在說「今天天氣真好」的模樣，轉頭對我說：「喔，我好像找到新娘的線索了。」

他說得雲淡風輕，我聽得目瞪口呆，立刻揪住他的衣領，卻用了過大的力道反而把他給帶倒，椅子撞擊地面發出清脆的聲響！

「你什麼時候發現有線索的！」我無視地緊緊揪著他，疾聲嚷著。

「逛夜市的時候吧？」

去你的王八蛋！這種事情居然現在才說。

「我那時候跟妳說妳應該也沒心思理會吧！」被我壓倒在地的爵沉默了會兒，忽然喊我：「小豆豆。」

「幹嘛？」他忽然正經叫我，搞得我很不解。

「妳這麼飢渴的撲倒我，我會害羞。」

不騙你，看著爵表情萬分認真，眼周卻帶著一圈黑輪的樣子對我這樣說，我只有想再賞他一拳，給他左右平衡的衝動。

「給我扯回正題！」我鬆開手站起身子，俯瞪著他。

「其實，說線索也不太算。」爵還是保持仰躺在地的姿勢，只伸手掏出那個我們都很熟悉的，據說寫著他的新娘線索卻打不開的，從手機又變回原樣的卷軸。

我沒有膽子去深究這卷軸在他掏出來前到底是藏在哪邊？

而這，也不是我現在要關心的重點。

「怎麼長得不一樣？」我立刻蹲了下來，沒長記性又管不住手指就往卷軸戳，邊動手還邊問。

那個卷軸依舊緊緊封著，只是外皮上的花紋改變了。

別誤會，我沒這麼神通廣大記得它當初長什麼樣的紋路，但我沒色盲，本來金光閃閃的東西現在變得紅通通的，我相信沒瞎都看得出變化。

「欸——等等！」爵忽然很緊張地大喊，似是要阻止我的動作。

但就在他開口的瞬間，我的手指也碰上了卷軸，只感覺到一陣強光迸出，我的記憶就到這裡中斷了。

「欸——小豆豆，起床了。」

隱隱約約聽到爵的聲音，離我好近、好近。

我眨眨酸澀的眼睛，不懂自己怎麼倦睏成這樣……

「你怎麼又跑到我的床鋪上啦！」我定眼一看，眼看已經比平常起床時間晚了近半個小時，慌忙起身衝進浴室梳洗，嘴上還含糊不清地罵著。

「反正也不是第一次，幹嘛這麼緊張。」爵半倚在門邊，看著我跟個陀螺一樣直打轉，又要刷牙又要套衣服的動作，他很不客氣地嘲笑起我來，「小豆豆，妳這樣看起來好笨。」

「變態啊你，人家在換衣服你進來作什麼！」我邊跳著腳，好不容易才把褲子套好，我很彆扭地舉腳就是往爵的腰間一踹，漲紅著臉蛋大吼。

他側身閃過。

我瞥見他顴骨上頭有抹淡淡的青紫，忍不住皺眉，「你眼睛怎麼了啊？」

「沒事，妳快點弄好出來用早餐啦，我快餓死了。」爵頓了一下，定定地看著我好一會兒，拋下這麼句話。

望著他的背影，我總覺得怪怪的卻又說不上來，匆匆把最後兩顆釦子扣好，吐掉口中泡沫漱淨，捧著清水往臉上潑了幾下，抹上了潔顏粉。

這種奇怪的感覺到底為什麼呀？昨天是發生了什麼嗎？

「小豆豆，飯！」外頭爵不耐的大吼傳進浴室內。

「知道啦催什麼，你是不會自己倒麥片吃喔！」

我加緊動作洗完臉，沒好氣地走向廚房。

「我要吃點有內容的，誰叫妳昨天害我沒吃飽。」爵很高傲、很跩地一撇頭，端坐在餐桌前，整一副大爺樣。

「我哪有害你沒吃飽?昨天你不是在夜市吃了一堆東西……」

我從冰箱拿了兩顆蛋敲進碗裡攪拌著，再切了幾片火腿丟到平底鍋上翻煎，嘴巴還不忘要回應爵的話。

講到一半，我忽然煞住一愣，「我們昨天有去夜市?」

「不重要啦……快點!我要吃早餐，吃完妳要上課、我要出門!」爵撇了撇嘴，動了動手指，叫出冰箱的鮮奶跟櫥櫃裡的玻璃杯。

我很習慣性地偏頭讓出杯子飛行的空間。

「等等——你要怎麼出門?」

「妳有同意我就可以出門了。」

「我有嗎?」

「有啊!」

「真的?」

「真的。」

一來一往，爵回應得是又快又直接。

「我覺得你騙我。」我的眉毛是越挑越高，這麼乾脆，一定有鬼。

「我像這種人嗎?」爵反問著。

我一個沒長記性，頭就給他點了下去，然後就聽見啪嘰一聲——我座位後頭牆壁上的裝飾燈，很華麗地炸了。

……這是很明顯的暴力脅迫!我那口煎蛋卡在喉嚨上不上、下不下的。

爵揚了揚左眉，我想我懂他的意思，他在問我是不是還覺得他騙人……切！就他這種態度，我還有第二選項嗎？

「小豆豆。」

「幹、幹、幹嘛？」我實在沒有罵髒話的意思。

但一排裝飾燈全炸開的震撼太大了，請原諒我一時還沒辦法恢復正常。

「點頭說好。」爵忽然對著我眨了眨眼睛。

在他的動作下，我還真的傻傻地點了點頭。

「好……」什麼？

我的什麼還來不及出聲，就被爵強迫性地閉嘴，只能用極力瞪大的雙眼，表達我的嚴重抗議！

這、這傢伙哪來的蘋果糖啊！被塞了滿嘴糖果的我努力要拔出它來。

而行兇的爵，正張揚著他很妖孽的笑容望著我，「吶，妳答應啦！」

「……媽的！你作弊！」

就這樣，大好早晨在我還恍恍惚惚、搞不清楚的狀況下，已經溜走了。

而轉眼，我已然來到了學校……學校?!

我隱約有股不安的感覺，手握上教室的門把拉開。

教室內的人慣性地看了過來，而後又恢復原先的動作，聊天的聊天、預習的預習、吃早餐的繼續吃他們的早餐。

「單同學，早呀！」

「欸——轉學生！」

拖著沉重而遲疑的腳步，我慢慢晃向我的座位，才剛坐下，一左一右同時響起的聲音讓我忍不住一抖，卻說不上為什麼？

「早、早安。」兩張相似卻不容錯認的臉蛋湊向我，雙倍的壓迫感襲來，我就不懂了，這兩個人幹嘛突然都衝我眼冒綠光？

「有、有事嗎？」

再三斟酌，我想就算是要死，也還是要當個明白鬼才是。

「……沒事。」陳謙禮死死盯了我好半晌後，冷哼了聲，扭頭走掉。

陳謙宇則是揚了揚唇角，折回自己的位子，拿起桌上的書繼續看了起來，神情很是自若，如果省略掉抓著書邊，用力過度而泛白扭曲的手指的話。

……奇怪，我哪裡惹到他們了嗎？

茫茫然地左看看右看看，我很是不解。

『妳沒惹到他們，妳只是忘了某些事讓他們很不爽而已。』冷不防，我的腦袋忽然又響起了爵的聲音。

我真的非常、非常痛恨他這個該死的能力！接收度跟八卦記者一樣無孔不入，如同現在，我後腳出門他前腳也不知道早跑哪兒去了，只留魔音不時在我腦海飄盪。

昨晚，到底是有發生什麼我不記得的事情了？

我對於昨天晚上的事印象實在很模糊，可爵這樣一說，讓我明顯覺得肯定有啥不對勁。

『提醒妳就不好玩了，慢慢想吧！』

聽到爵的回應，我感覺神經啪滋一聲，有斷裂的疑慮。

接下來一整個早上，我的左右鄰居都保持著陰陽怪氣的氛圍荼毒著我。

我被刺得很莫名其妙！

還好，忍到了下午終於有人給我解答了——

下課鐘聲才剛響，老師都還沒宣佈下課，陳謙禮就一把扯著我衝出了教室，一路拖著我，來到了走廊盡頭通往頂樓的樓梯間。

「妳到底什麼意思？」陳謙禮的雙手貼著牆面，把我困在它們之間。

「什麼什麼意思？」我被他推壓在牆上，劈頭一句，問得我整個茫然。

「昨天那個人是誰？」

得——越問越玄了！

我的表情更加茫茫然。

陳謙禮喘了幾口粗氣，忽然一拳擊向牆面。

不、不用這麼激情演出吧？

「你、你……咳咳咳……」我被嚇得瞪大雙眼，頭頂上撲簌簌地落下一堆不明煙塵，嗆得我大咳不已。

陳謙禮看向我的眸色冷冷地，舉起剛才擊向牆面的手伸向我——不是說著玩的！第一時間我真的以為他會揍我，但他只是拍上我的腦袋，拂去上頭的煙塵。

「妳自己心知肚明！反正，我不管昨晚那傢伙跟妳什麼關係，不影響我的決定。」

「陳謙禮同學，你到底在說什麼我為什麼都聽不懂？」

「我認可的競爭對手只有我哥一個，在我們之外的閒雜人等，妳最好趕快解決掉！」陳謙禮猛地又湊向我。

我嚇得又貼回牆面，一個沒留神距離，後腦杓撞得我眼泛淚花。

「懂嗎？未婚妻小姐。」陳謙禮意味深長地瞪著我。

……什、什麼未婚妻？

這一秒，我的淚水就給他的話給嚇得全收回去了。

然而，沒給我再問的機會，陳謙禮把我一個人扔在這兒自顧自走了。

我也沒有第一時間反應回來，傻傻站在那兒，當機了好幾秒才發出慘叫：「爵，不要給我裝死，我知道你聽得到！」

回過神後，我對著天花板怒吼：「你一定知道發生什麼事？快給我說！」

「……所以，你的意思是說，昨天有這齣？」

老實講，一個人對著空氣講話這個畫面怎麼看怎麼笨，不過還好，剛才陳謙禮拖著我說話的位置實在夠偏僻，連個路過人影都沒有，而我也真的氣瘋了，忘記只要想爵就可以聽得到，哇啦哇啦地就直接說出口。

大概是感覺出我的怒火，爵非常配合，描述的過程絲毫不拖泥帶水，簡潔扼要地直切核心，關鍵部份又是詳細陳述，聽完，我想死的心都有了……

「等等……我跟他們是娃娃親？可是我根本不認識他們啊！」

如果我對這名詞的解讀沒錯，這好歹應該要先有認識吧？

但天曉得，我昨天上學才跟他們第一次見面欸！
『我也不認識他們妳怎麼問我？』爵仿效著我的語調怪聲怪氣地應著：『不過這挺有趣的，兩男爭一女，訂下這個娃娃親的人還真有惡趣味。』
這年頭……心電感應的效果都這麼好了我還能說什麼？
而且難得一次他的論調，我認同！
身為受害者的我真的是萬分認同！
「別再八卦我了，是說你現在晃去哪兒了？」深呼吸再深呼吸，最後沉重一嘆，我決定轉移話題，不想再管這狗屁倒灶的麻煩事。
『喔，好像是某個商圈吧，人滿多的。』
「你去那邊幹嘛？」奇怪，聽爵這麼一說，我心裡怎麼隱隱約約地覺得怪？
『找新娘囉！』他語氣應得多麼的理直氣壯。
「……你，不會是用我上次說的那種方法吧？」我聽得一頭冷汗，很雷地想起上次隨口說的話。
應該，不會成真吧！
『小豆豆真聰明！對了，我順便買了些東西，可是我忘了帶錢，晚上送到家，妳幫我付一下！』沒有不雷，只有更雷的。
爵不僅證實了我心裡所想的事情，還多丟了顆震撼彈，講得非常平淡，跟聊天氣一樣自在。
「……你個王八蛋！」我才想罵出口，卻猛然發現自己的喉嚨又給封住了，只能在心裡面咒罵，腦袋還有爵很感慨地來一句「氣質啊！」。

……給不給人權啊！都不知道距離多遠你還可以控制我?!

『小豆豆，不管距離多遠，我都可以找到妳的。』爵的語氣顯得十分歡快，末了，像是施恩一樣送了我一句臨別贈言。

『對了，那個什麼娃娃親的消息，好像是妳之前講的那個什麼韓習禹跟他們說的，妳去找他問問應該就知道了。』

我揪著頭髮暴跳的動作一滯，感覺原本空白模糊的腦袋拼上了最後一片拼圖，我轉身，往樓下狂奔。

埋首跑得飛快，跟誰擦身、跟誰碰撞我都無暇去顧忌了。

「單同學？」一抹白影隱約閃過我的眼角，是陳謙宇拉住了我的手止住我的衝勢。

我回頭瞪向他，忽然感覺到頰上的濕意，這才發現，我哭了。

「對不起，我有事要先離開，麻煩班代幫我跟導師說一下。」匆匆用手抹去眼淚，甩開陳謙宇的手，我急著要去找那個人討個說法。

我肯定他知道一切的。

昨天他那番話，就說明了他肯定認識陳家兄弟檔……

我埋首衝下樓梯，冷不防步伐一亂，一個踩空，腳踝狠狠一扭！眼看就要往下栽去，忽地被人拉住。

「單習郁，誰叫妳樓梯用跑的？」低冷的嗓音自我後方響起。

人家說「說曹操，曹操就到」，我更進一步了，才想到要找曹操，曹操自己已經在我後頭了，還順便把我抓個正著。

我咬著唇，為著腳上剛剛狠扭的疼痛，也為著不知道該怎麼對他對話？原本滿肚子的質問、怒氣什麼的，一見到人就全滅了氣燄。

「上課時間，妳怎麼不在教室？」韓習禹把我揪著，走下剩餘的台階，待我在平地站穩後才略略鬆開手。

扭傷的腳接觸地面時，痛得我直冒冷汗。

韓習禹見狀又重新抓住我，分擔我大半的重心。

疼痛帶來的清醒，讓我冷靜了許多。

我深吸了口氣，退開點距離後才淡淡地開口：「我有事找你。」

「沒什麼事比妳的學習重要，都延一年了還想耽誤多久？」

韓習禹擰著眉，似乎對於我這麼匆忙的原因只是為了找他而感到不悅，「找我問事情有很多管道很多時間，學生就好好唸書，腦袋想些有的、沒有的幹什麼。」

他說著，忽然拉著我往前走，然後轉進一間辦公室。

我呆了半晌，才意識到這邊是理事長辦公室。

「我就聽聽妳想問的事情好了。」韓習禹把我整個人往沙發一推，自顧自地走到辦公桌前坐下。

『欸，小豆豆妳問八卦不找我！』腦袋裡忽然響起的爵的聲音跟韓習禹開口說的話重疊，嚇得我一愣。

這傢伙，怎麼又忽然出聲了？

『我剛剛想說妳在跑步，還是別出聲害妳摔倒。』爵壓低了聲音，誇張地嘆道：『結果事實證明笨蛋就是笨蛋，連路都走不好。』

這番言論，讓我有青筋爆起的衝動！

我決定不要理他，還是先問我想知道的事情。

「你認識陳謙宇、陳謙禮兄弟，他們跟我是什麼關係？」

「不認識。」韓習禹淡淡地抬眼看了我一下，簡單吐出三個字後，又恢復原本翻閱桌上卷宗的動作。

面對他的敷衍我一陣氣噎，還想繼續追問，他又開口了：「正確來說，是妳母親跟他們認識。」

「哪個母親？你是指麻伊媽咪？那你怎麼可能不認識？」我很惡意地反問，毫不意外的看見他聽到我這麼說的時候，手指瞬間收緊的動作。

我不知道自己怎麼了……可聽著他的那句不認識，還有後句刻意凸顯的生疏稱呼，讓我的心被狠刺了一下，所以，我毫不猶豫地反擊了。

「單習郁，注意妳的稱呼。」韓習禹冷冷地瞪了我一眼，「他們是妳母親生前希望妳多多熟識的對象，至於是什麼關係？那不是妳現在需要注意的重點。」

他說完後，很果決地下了驅逐令。

我想，我剛剛那樣的問句的確激怒了他……

我木著身子踏出辦公室，背貼著牆，腦袋亂七八糟的。

『小豆豆，妳好幼稚。』爵的聲音又再一次響起，仍舊帶著他慣有的口氣酸著我，我應該要發脾氣，卻連個火星子都迸不出來。

我的確很幼稚。

『要就幼稚得徹底一點，別哭。』我閉上眼睛，眼淚在爵的聲音中滑落，被我狠狠用手背抹去。

『好啦，妳乖，晚上跟妳講個好消息。』眼淚堪堪忍住後，爵又這麼對我說著，叫我要期待下課後回家。

就像，是對我的一舉一動全看在眼裡……

ch8

記憶的詩篇

回到家開門之前，我還真沒想到爵說要告訴我的好消息會是這個。

這事，要從我開門那瞬間說起。

心神不寧的我，很茫茫然地渡過剩下的課堂時間；茫茫然地回到家，一開門，正巧就撞在不知道為什麼站在門邊的爵懷裡。

恍惚間聽到喀地一聲，似乎有個什麼東西掉了出來，我一低頭，某個很眼熟的圓柱狀物品落在地上，緩緩展開……

……這不就是那個所謂的找新娘的卷軸嗎？

「你打開了？」我推開爵，抬眼看了看他，又看了看地上。

「妳開的。」

爵也順著我的視線看了看，回給我一抹燦爛的笑容，卻讓我有股不祥的恐懼感……這大概就是獵物被蛇盯上的感覺吧！

「所以……你要跟我講什麼好消息？」

「就這個囉！」爵的嘴巴衝著卷軸的位置努了努手指勾了勾，卷軸重新束回了原樣，「我不是跟妳說我找到新娘的線索，今天我就在外面晃了晃，看看在哪邊最有感應？然後，就回到這裡啦！」

他說得很簡單清淡，卻像是重磅炸彈投進我的腦袋裡。

我被他拖著走進屋內，一時間被這個消息炸得頭昏眼花，「你唬我的吧？你在這邊住那麼多天最好它都沒感應。」

鬼扯著什麼超展開了他。

「我也不知道，就一邊跟妳聊一邊逛，忽然就發光了，那我就順著走啊！」

爵聳聳肩，晃了晃他手上散著淡淡光澤的卷軸。

「那所以……到底是什麼線索？」我決定放棄糾結這個問題，講正事要緊。

爵打開了卷軸，湊到我面前跟著我一起看。

展開的沙草色軸面上寫著我看不懂的細密文字，我忍不住問：「翻譯啊！」

「是妳不是妳。」某神給了我很玄的五字箴言。

這是在耍我嗎？

我鄙視的眼神立刻掃過去。

「別瞪我，真的是這樣子寫的。」爵的表情好無辜。

我沉默。

其實，到底是什麼樣子我根本沒有辦法知道，這些日子也不是白跟這傢伙相處的，他扯東扯西不想明講的，我也不會費力去挖掘，而常理之於他更是沒有用的東西，所以今天這一齣……

「這是假的吧！」

「咕——不好玩。」爵把手上的東西往後一拋，砰地一下，那卷軸就散個沒影了。

「小豆豆，我這麼努力轉移妳的焦點，妳怎麼都不配合度高一點！」

「你演得太假了我沒辦法降低智商。」我翻了翻白眼。

老實說，剛才看到打開後卷軸上的顏色我才覺得詭異，印象中，那個封住未開啟的卷軸是帶流金光芒，遇到那個據說是他的新娘時會變色，剛才我手碰到了，可顏色沒變。

「哼——虧我這麼細心準備。」撇撇嘴皮，爵翻手又現出一個卷軸，「吶——這才是我要跟妳講的好消息，妳想知道的。」

「什麼東西？」我愣了愣，我怎麼不知道我想知道什麼了？

「妳今天不是去問了，卻得不到滿意的答案？這是第一手資料喔！」爵笑咪咪地說著，把卷軸遞給了我。

「什麼第一手資料……」我納悶著接過，打了開來，一看見軸面上的字，傻了。

爵收起了笑容，神色溫柔地看著我。

「……你，怎麼有這個？」顫著聲，我的手指緊緊揪著卷軸緞質的邊緣。

麻伊媽咪……

上面的字跡我再熟悉不過，小時候手把著手一筆一劃描繪過的，每一個頓點、每一個勾捺我都記在心裡，還記得有回我學著寫了張紙條遞去，她笑著說以後可以找我來鬧韓習禹，叫他猜猜是誰的字跡……

只是，爵怎麼會有這個？

「小豆豆，妳這表情看起來很質疑我的能力耶！」

爵瞇了瞇眼，伸出爪子就往我兩頰捏下去，「乖，去做飯。」

他的意思很明白，吃飯皇帝大，有什麼問題都得等他吃飽了才可以討論。

我無奈地拍開他的手，鑽進廚房開始搗鼓，盤算著煮什麼可以最快打發他？

只是這點小小心思，逃不過某個會讀心的。

「小豆豆，妳敢隨便煮就別想聽答案了。」爵微瞇著眼睛，笑著警告。

「還有沒有人權啊……」我扁嘴，多拎了幾樣冷凍海鮮，決定煮海鮮湯麵好了。

其實想想，跟這傢伙住一起還是有點提昇的，至少我從之前只會弄微波速食，到現在，已經可以不用看食譜自己搞出一桌子菜，偶爾想起曾經吃過的東西，還會大膽嘗試一下，反正有個現成的試菜人員嘛！

這真的夠提昇了！

「煮是會煮，調味要再精準一點就是了。」爵也鑽進了廚房，很礙事地湊在我旁邊看我料理。

驀地，他忽然冒出這麼一句：「小豆豆，妳真的長大了呢！」

我微愣，回望的眼神寫滿莫名。

其實根本是兩個聲音兩個人，可他剛剛那句話，怎麼就讓我想到她呢？

一定是剛剛的卷軸吧，一定是。

我甩甩頭，迅速地把兩碗海鮮麵端上桌，還順帶切了盤水果。

直到總算吃飽喝足，我跟爵分據床的兩頭……更正，他睡的沙發床兩頭（雖然他基本上沒在睡的），準備開始進入正題。

「我現在要跟妳說的事情，或許妳會覺得很玄，不過，請不要太訝異。」爵還是維持他一貫的調調。

只是，這開場白怎麼回事？

這世界最玄的事情就是他這傢伙的出現，還能比這更玄的我實在想不到幾個。

只不過，在他的前導詞進入第五分鐘的瞎扯淡後，我忽然覺得，更玄幻的事情其實是，我居然可以心平氣和地聽他說話而沒有暴躁的衝動。

「……講重點！」我拼命地擠出笑容。

「妳的親生媽媽，跟那對兄弟的媽媽是閨中密友，她們約好了以後有小孩，要讓他們結娃娃親，很小的時候你們還見過面，他們要妳等他們長大，然後做出選擇。」爵說道。

「那，為什麼你有我媽咪的筆跡？」我只想知道這個。

一再強調的娃娃親、口頭婚約，對我來說真的是很虛幻飄渺的詞，而且在真的聽完爵描述，我發現我對這件事的關注度其實根本沒我想像得高，甚至，我根本不關心到底有沒有這回事……

「我說我認識她，妳信嗎？」爵眨了眨眼睛，笑笑地看著我。

我還沒回答，他又自己接了話：「小豆豆，沒知識也要有常識，看過這麼多漫畫小說、電影戲劇，妳總不會覺得，我只會勾勾手指把妳甩過來甩過去吧！」

他說，從記憶裡讀取再模仿著呈現，就跟我們所謂的電腦複製貼上差不多，要用出一模一樣的東西跟呼吸一樣容易。

他說、他說……奇怪的是他說了好多，合理且有根有據的，但我卻固執的認為，他最一開始的話，才是真的。

或許，我希望這是真的。

「小豆豆，妳真的很愛揪結在奇怪的點上耶！」爵的大爪扣上我的腦袋一陣亂揉。

一時間，我那些什麼感傷、遲疑……等等等等的情緒全被他給攪得沒邊了。說實話，在他這種動作下我還能夠保持清明，我已經很厲害了，哪還有空玩什麼傷春悲秋、感時濺淚的。

「是你喜歡講些讓人很難不揪結的東西。」我抱著頭，被施虐過的腦袋是滿天星星抓沒半粒，只是為了保命著想，我還是乖乖地收起了念頭。

時光飛逝，歲月如梭……可以這樣用嗎？

總之，那天過後我跟爵的「同居」依舊進行式，學校裡陳家兄弟檔的「關愛」目光，依舊八節課不間斷地大放送，找新娘的工作也依然很沒進度的進行著，一切都是那麼的正常而毫無改變……

聽我這樣說就知道，絕對有什麼不正常發生。

「一年X班單習郁，聽到廣播請到理事長辦公室。」

頭頂的廣播器大聲傳出我的名字。

我呆了兩秒才開始動作，卻又突然煞住腳步，理事長……不就是韓習禹嗎？

想到這點，我忽然很不想去了。

「轉學生，妳在模仿掉發條的娃娃嗎？」耳邊忽然響起陳謙禮略帶點嘲諷口吻的聲音，我下意識地偏過頭。

他忽然屈起手指在我腦門扭了下，痛得我蹲在地上，抱著頭扭曲。

「你幹嘛啊！」雖然只是扭轉了下，可是陳謙禮的手勁之大，真的不是我腦袋瓜子可以抗衡的！

不用照鏡子我也可以猜想，我現在額頭應該已經紅一塊，還是正中間的位置，想遮都難。

「我才想問妳咧！廣播都講了好幾遍了，妳還在這裡發呆。」陳謙禮翻了翻白眼，一臉寫著「看到白痴」的模樣。

不用問我都看得出來，那個白痴毫無意外地應該是指我。

「不是剛剛才廣播嗎？」我傻愣愣地揉著額頭。

「從下課鐘響到現在經過十分鐘，廣播已經重複第五次了，妳說呢？」

陳謙禮回答我的當下，我們頭頂的廣播器再次響起，千篇一律的語氣，又說了次叫我到理事長辦公室的訊息。

這次我回神得很快，邁開步伐就往教室外衝，還差點來不及煞住，險險貼著門邊站定。順完呼吸才想敲門而已，門就忽然拉開，嚇了我好大一跳！

「這麼莽莽撞撞的，廣播老半天了現在才來！」站在門邊的是韓習禹，一貫冷淡淡地看了我好一會兒，側開了身子。

「小——豆——豆——」

我還沒能搞清楚狀況，裡面響起一陣大喊。

緊接著，一道身影把我給撲個滿懷。

不用說，光聽聲音就知道是麻麻。

「麻、麻麻，放、放手一下，我不能呼吸……」我努力地從脖子上緊纏的雙手中掙扎著發話。

好不容易麻麻才放開我，拉著我往沙發去。

「雖然說明天開始我們就可以常常見面了，可是我還是等不及呀，今天，就跟著韓大哥先來學校了，然後，我跟妳說呀……」

麻麻一坐下，話匣子就整個打開講個沒完，轟得我茫茫然地，下意識就轉頭，向屋內另一個人投以求救的眼神。

「實習老師。」韓習禹幫我作了解答。

不過很可惜，他的配合度向來只有一半。

「明天朝會，妳就會知道了，現在快回去上課。」我還想多問，他已經打斷這個話題下了逐客令。

我訥訥地離開辦公室，邊走邊想著怎麼突然麻麻就成了學校的實習老師……

『豆豆豆豆豆豆……小豆豆！喲呼——呼叫小豆豆！』

腦袋嗡嗡叫著，聲音漸漸清晰，似乎有所察覺到我聽見了，「豆豆」兩個字連珠砲似的朝我丟來，同一個字短時間內不停出現的感覺就跟打鼓一樣。

該死的！我頭好暈……

「閉嘴啦！」我忍不住大吼出來。

就在這時，正巧有人經過轉角跟我打了個照面。

……是陳謙宇。

我真的不知道該說是巧合頻繁還是我命中帶衰，怎麼就無時無刻都遇得上這對兄弟檔之一？更甚者兩個一起來……

望著轉角後又出現的某個身影，我決定我還是安靜好，什麼都別想了。

『哈哈哈哈……沒想到小豆豆妳有鐵口直斷的能力耶。』方才在我腦袋一陣亂叫，導致我失控大吼的原兇笑得十分歡暢。

而倒楣到極點的我都這麼衰了還要被笑，更慘的是偏偏還不能反擊！

我扁了扁嘴，吞下滿肚子的咒罵，低頭加大步伐越過陳氏兄弟檔。既然不能抵抗，那我乾脆就閃嘛……

「單同學，請等一下。」

「轉學生，別跑！」

我的兩隻手臂被一左一右同時抓住。

他們兩人分秒不差地開口，止住我想閃人的動作。

「有事嗎？」我真的是很無奈。

這場景，都不知道發生多少次了？

我遇到他們，躲開又被他們拉住，最後相看兩無言，無限迴圈……

他們兩個交換了個眼神，像是在彼此確定些什麼……

然後，由陳謙宇代表發言：「上次夜市遇見的那個人，最近怎麼都沒跟妳一起出現了？」

「呃——很重要嗎？」我微愣，他們真的想聽實話嗎？

其實不是沒遇見，甚至好幾次某神還在你們面前扮鬼臉、耍白痴，你們確定真的要看嗎？

「你們不像一對。」陳謙禮定定地瞪著我看了好半晌，吐出這麼一句。

「我跟他是朋友而已。」

當然不是一對啊還要你說……我又不是腦抽了！

我暗自腹誹，看著他們兩人的表情在聽到我這麼說之後明顯放晴的樣子，深感不解，真不懂了，為什麼他們一直介意這個？

娃娃親什麼的，我實在看不出來這種口頭約定怎麼這兩個男的比我還要上心，我們根本也沒見過幾次啊……

『小豆豆，妳沒印象不代表人家就一定沒見過妳呀……』爵的聲音，再度懶洋洋地響起。

這傢伙真的很閒，每天都衝出去說要找新娘，找到現在連個影都沒有，還一天到晚聽我這邊的動靜。

「這個給妳。」

難得這次打破相望無言僵局的人不是我了，我望著陳謙宇遞來的邀請卡，不解地看著他們。

「晚上我們家包下餐廳幫我媽慶祝生日，妳也一起來吧！」

陳謙禮撇了撇嘴，作了解說：「我媽說她很久沒看到妳了，知道妳現在跟我們同班，希望妳一定要出席。」

說完，他就扯著陳謙宇走掉了，留下我呆呆站在原地，手上還捏著那張邀請卡。

啊？這怎麼回事？

這種感覺真的非常、非常奇怪，所有人都說認識我，跟我有什麼樣子的關係，可是我真的一點印象也沒有，莫名其妙的就叫我去見面，搞什麼啊？

「既來之，則安之。」爵忽然補來一句，仿效著昨晚他跟著我看的八點檔裡面角色的口吻，說有多欠打就有多欠打。

只是……奇怪，這聲音怎麼那麼立體，不像是腦袋響起而像是旁邊出聲……

我納悶地轉頭，對上某張帥氣卻笑得非常欠扁的臉蛋。

「啊——」想也沒想，我立刻奉上驚天地、泣鬼神的高音練習。

「淡定呀，小豆豆。」突然蹦出來的爵拍了拍我，對於我尖叫個不停的反應似乎很受不了，手指揮揮……

……是的，我又被消音了。

「你、你怎麼會在這邊啊？」不能出聲，我只能用眼神跟他對話。

「我知道妳想我，所以我就來囉！」爵笑咪咪地湊近我，伸指捏了捏我微鼓的臉頰，一個彈指解開了對我的束縛。

「鬼才想你咧！」發現可以開口說話，我立刻回嗆。

「喔？所以小豆豆是鬼。」

他感覺起來心情非常的好，笑容燦爛得像是不要錢一樣大放送。

這些日子訓練出來的判斷告訴我，他在「暗示」我快點問他為什麼心情這麼好？

「小豆豆，既然知道那還不趕快配合。」

瞧！都講到這程度了，我再不問等下他又不知道怎麼折騰我了。

「好吧，請問爵大人，你怎麼這麼開心？」我從善如流地發問。

「我找到我的新娘了。」像是忍了好久終於可以脫口，幾乎是我話一說完，爵立刻就接上，掌心一攤，一個開展的、帶著淡淡紅光的卷軸躺在其上。

「真的、假的？」我傻了，下一秒以為是他又在唬我，立刻抓起那個卷軸查看著。

「小豆豆，妳這表情好像在說我很不值得相信似的。」爵的眼微微瞇了起來。

我嚇得猛搖頭。

「記得那次我不是抓妳拍照？有拍到她的身影。」爵笑得好得意，「還有夜市那次，我拍臭豆腐鍋的時候也有拍到，我今天檢查照片發現的，結果，就真的被我找到啦！」

我隱約有些不安地瞪著他的動作，「所以，你就為了這個突然跑到我學校來？」

帶開話題、帶開話題……這裡可是學校！

要是爵神經一抽又給我空中轉體幾圈半，我不就死定了。

至於他怎麼出現的這種笨問題，我是不會再問了……一切用爵的說法帶過，他是神嘛，沒什麼不可能的！

瞬間移動又算什麼呢？

「不高興聽到這消息嗎？我以為妳迫不及待想我走呢！」爵說著，眼睛眨巴、眨巴的，又恢復了方才燦爛的笑容，「我就知道小豆豆最捨不得我了。」

還沒回神過來，爵忽然就把我抱了個滿懷。

我嚇得倒吸一口氣，卻突然聽見後頭也有道同樣的吸氣聲。

……不會是我想的那樣吧？我僵著脖子回頭，對上的是不知何時折返，就站在我正後方，同樣表情愕然的陳謙禮。

『小豆豆，妳真的是烏鴉嘴。』我聽見爵用心電感應這麼跟我說著，還對我促狹地眨眨眼，很明顯，就是一副期待看好戲的模樣。

驚覺到我此刻還是被爵給抱著的狀態，我趕緊推開他。

呃！如果看到一個人浮空應該很玄幻吧？

我不知道陳謙禮到底看到多少，不過，現在這狀況可能不太好解釋……我陷入了苦惱。

「你們兩個……他怎麼會在這兒？」陳謙禮倒是滿快就從震驚中回魂，只是聲音有些驚嚇後的顫抖。

是啊……爵怎麼會在這兒，這個該怎麼解釋才好……等等！

陳謙禮的問題讓我一愣，他應該看不到爵的，那怎麼會說兩個人？還問他怎麼會在這兒……

思緒捕捉到些什麼，我猛然抬頭瞪向爵，無聲地問著：「他怎麼看得到你？」

『哎呀，我忘了隱身了。』

某個被我死瞪著的傢伙眨了眨眼，看看我，再看看僵在那裡的陳謙禮，露出恍然大悟的表情，一個擊掌後給了我這麼個答案。

……我現在非常、非常想掐死他！

於是，當天晚上，我跟爵都出席了陳媽媽的生日宴。

本來還有拒絕機會的，結果爵搞出這麼一齣，我光是要想怎麼解釋就已經想破腦袋了，哪還有心思去想這個？

更何況在我正努力要解釋的時候，陳謙禮一句話就堵死我——

「妳晚上不來的話，我可不保證會不會把剛剛的事情脫口而出喔。」

看著他那副仰望天空，雲淡風輕地威脅人的模樣，我得很用力才能克制住火氣。

而我在這邊煩惱，另個當事人爵倒是很愜意地作壁上觀。

『小豆豆，他說要講出去，妳幹嘛這麼緊張？』

「因為會很麻煩啊！」

不講話不代表沒溝通。

當然，只有我跟爵這傢伙彼此知道，我們在避不見人的角落展開了一場激烈的唇槍舌戰。

『我隨時都可以隱身，他找不到我不就沒用了。』

「那你幹嘛不從一開始就隱身，就不會有後面這些亂七八糟了。」

『我不小心忘記了嘛，小豆豆妳要體諒我剛才情緒太激動沒注意到。』

「我怎麼就覺得你是故意的……」

『小豆豆，妳這樣講真傷我的心。』某人表面依舊淡定。

但我腦袋裡立刻浮現一道身影，還扭啊扭的堪比高科技投影播放。

「轉學生，不要裝死。」

大概是我跟爵一直保持沉默，讓陳謙禮不爽了，他這些日子養成的習慣（？）就冒了出來。

每次講著、講著，我不理他，他就很喜歡用手指「關照」我的額頭。

所以，我一感覺有道黑影揮向我，便下意識地脖子一縮，等著疼痛來臨。

「……奇怪，怎麼沒有？」我心想，下意識地眨眨了緊閉的眼。

只見方才站在一旁的爵，不知道什麼時候閃到我前方，爪子揪著陳謙禮的手，接住了他原本的動作。

「小豆豆，人家這麼熱情邀約，我們就出席吧！」發現了我睜開眼在看他們，爵朝我笑了笑。

然後結果，就是現在這個樣子。

我表情淡然，眼神放空地望著宴會廳。

而某人則很開心地端了一盤料理在品嚐，邊吃，還邊對我說著什麼我手藝太差啦要改進，這才是人吃的食物之類的話……

我眨了眨眼，很輕地嘆了口氣，然後，用力往他的腳丫子一踩——

媽的！要不是因為陳謙禮一直盯著，我早就叫這傢伙滾回家去或者隱身了。

「單同學，怎麼一來就待在角落？」陳謙宇來到了我身旁。

我看見他的視線很銳利地往吃得正歡的爵身上掃了一下後，又回到我身上，「妳今天很漂亮呢！」

……睜眼說瞎話，大概就是指他這種人吧！

我連家都沒回，一下課就被他親愛的弟弟帶來這兒，但送佛又只送一半，把我人扔門口就走了，我身上都還穿著制服咧……這傢伙卻說我漂亮！

這不是瞎扯是什麼？

「我誰都不認識，還是低調點好。」我乾乾地扯幾聲笑，是真的很尷尬。

你說陳家這兩隻煞星的媽媽想看我，也不用特地挑這種時候吧還是這麼大場面，都不知道一踏進宴會廳就被所有人目光聚焦，有多驚悚嗎？

「低調什麼？讓壽星滿場找妳都不會不好意思啊！」陳謙禮的聲音從另一邊傳來，一身黑色，繫著條靛色領帶的他，緩緩朝我走來，後頭還帶了一對中年男女。

看來，方才他消失的時間是去換衣服了。

我心忖，不過奇怪，怎麼越看越覺得那個笑咪咪地望著我的女人好眼熟啊？

「……院長阿姨？」腦袋閃過一道靈光，我遲疑地開口。

而她臉上綻開的笑容，立刻給了我解答。

ch9

僅供於參考

怎麼就管不住這張嘴啊！單習郁……

眼看所有人因為我那聲驚呼全部看向我，霎時間成為聚光焦點的我，只能傻在當場，直想打自己嘴巴。

『是呀，想什麼就說什麼了……只是小豆豆，原來妳真的認識人家，世界還真小。』視線瞥向一旁正優雅進食的爵，我雖然不爽，可這傢伙的確說到真相了。

而他則非常良好地呈現了進食不言的習慣，因為，他都用心電感應把話直接灌我腦袋了……諸如就事實來看比較殘酷的那一面。

「宇，看來壽星面子真的比較大，她都只記得老媽。」陳謙禮酸酸地拋來一句，讓我的尷尬指數又上跳了好幾個百分點。

這沾醋捻酸的語氣，是怎樣是怎樣？

「小禮，怎麼這樣子講話呢！」

穿著華貴的中年婦人偏首嗔了陳謙禮一句，而後又轉向我，很是激動地握住我的雙手，「真的是好久不見了呢！沒想到習郁還記得院長阿姨……」

『小豆豆，妳怎麼把人家壽星惹哭了！』爵涼涼的聲音再度響起。

我用眼角的餘光，掃見他不知道什麼時候又端了滿滿一盤料理在啃，整一個歐巴桑貪小便宜心態，忍不住鄙夷，這傢伙，免費的就要給人家吃到飽是吧！

還有，什麼叫我惹哭人？

她自己一見到我，眼淚唰地就下來了我也是很無奈啊！

回到正題，說起院長阿姨，這得從我還沒變成麻伊媽咪家的孩子前說起。

對於我的親生媽媽，我認真回想起來才發現自己對她的記憶淡薄得可怕，只有後來大了一些，搬家後的每天一大早被拎著匆匆出門，然後，待在附近的全職托兒院裡，等著不知何時才會回來接我的媽媽出現。

托兒院的院長阿姨跟媽媽是朋友。

每次媽媽來不及在時間內接我回去，院長阿姨都會帶著我到樓上的他們家，院長阿姨家有兩個好可愛的……小女生？

「啊！！！」我忽然爆出大叫，把所有人都嚇了一大跳。

沒心思對自己出格的作為感到不好意思，我抖著手指，指著陳家兩兄弟，萬般遲疑地開口：「你們是……宇宇跟禮禮？」

可是，宇宇跟禮禮不是女生嗎？

我的稱呼，似乎讓他們有一瞬間的掙扎。

但看著他們點下的腦袋，這下換我掙扎了。

這世界真的很小、很悲劇、很見不得我好……

『明顯真的是妳忘記人家，小豆豆，妳這樣真糟糕。』爵有些幸災樂禍地說道。

「我為什麼要被一個滿嘴塞著食物的豬說我糟糕啊！」我還擊了，接著，腳忽然莫名拐了一下。

我險險抓住了一旁爵的手臂，這才沒跌倒在地。

真的很愛計較欸這傢伙，偷聽還聽得這麼沒有心理障礙的……瞥見他高傲的目光，我用膝蓋想都知道這個莫名拐到的原因為何了。

「難怪小宇、小禮說妳之前認不出他們，我都忘了，那時候他們身體不好，被家裡長輩扮成女孩子養了好一陣呢……」院長阿姨笑咪咪地拍著我的手，三兩句解釋了這個多年的謎。

隨著名字，我腦海浮現了兩個粉嫩嫩的，一個穿著淺藍、一個淺綠色系的小洋裝，每次聽到我說宇宇跟禮禮好漂亮就會大哭的小傢伙……所以追根究柢起來，還真的是我的錯！

我尷尬地瞄了瞄表情跟我一樣不甚自在的陳氏兄弟檔。

大概是過往糗事被揭開來，連表面好學生的陳謙宇都掛不太住笑容了。

「那時候，看你們三個玩累了躺成一團，我都還以為我有三個女兒呢……」

可惜的是揭短的原兇絲毫沒有感受到當事人的尷尬，回想得很開心，聊得很起勁。

「媽，妳再講下去，豆豆的臉都快燒起來了。」陳謙宇輕咳了聲，終於受不了繼續被自家媽媽出賣，趕緊出聲打斷。

「喂，幹嘛牽拖我！」被點名的陳謙禮惱怒地低嚷著。

而那聲豆豆讓我忍不住也抖了下，一旁的爵也停下動作投來打趣的一眼。

「好了、好了，再講下去小宇、小禮都不好意思了，習郁快來給院長阿姨看看，真的好久沒見到妳了呢……」

總算察覺到自己兒子臉皮快掛不住的院長阿姨，停住了話當年的動作，握著我的手又捏又拍的，眼角微微泛著淚光。

很溫馨的畫面，我卻覺得無所適從……雖然腦袋裡記得她對我的好，可也就只是記得而已，我找不出更多的情緒……這樣會不會很不應該？

『這有什麼影響嗎？妳的感謝，又不一定要說出來才是感謝。』爵的聲音，又適時地在腦袋裡迴響。

我側首看著他，他則回了我一個眨眼，奇怪的是，我的情緒就在他的眨眼之下平復了。

陳家的晚宴，遠比我這個小家子的平凡女生想像中熱鬧、奢華。

還沒來得及多說上幾句話，身為壽星的院長阿姨就被絡繹上來打招呼的賓客給沖走了。至於我，既然說是來露個臉，那招呼打完，尷尬也尷尬夠本了，我也就樂得拽著爵閃人去也。

當然途中，免不了還得忍受某人抱怨還沒吃夠本的碎唸……

「你很像歐巴桑耶，一直碎碎唸！」

一路忍到家門口，我真的受不了了，「而且你不要以為你這樣用噪音砲轟我，我就會忘記喔，快點給我交代清楚，你說的找到新娘了是怎樣？」

「什麼怎麼樣？」爵打一進門，就效法馬鈴薯橫陳在沙發上連個空位都不留給我，聽到我說他像歐巴桑，他也僅僅只是爆了我後頭的小壁燈以示警戒，對於我的問題，態度更明顯表示著「我在敷衍妳」的感覺。

我翻了個白眼，認命地掃好碎片後，另外拉過一張椅子湊到他旁邊。

「過程啊！不然還有怎麼樣，不會你一走出門路上撞到人，結果就是她了吧……」我沒好氣地瞪著某尊大神。

「哎呀呀，小豆豆不簡單，妳好聰明！」爵忽然熱烈地鼓起掌來。

我嚇了一大跳，表情十分地囧，其實，我也只是想到就隨便說說而已，沒這麼烏鴉嘴吧？

「小豆豆，妳這表情是在質疑我？」

我很警覺地猛搖頭。

這個流程已經不下十來遍，我敢保證我剛剛反應要是慢個一秒，我附近的燈泡就會炸開！

沒辦法有人不爽就是要炸我的燈泡，而我很清醒地注意到，此刻我位子的頭頂，可是兩管很長的日光燈泡，這炸了可不是開玩笑的。

「那卷軸說了什麼？你找到她之後呢？」

老規矩，趕緊把話題帶開才是保命之道。

對於我戒慎的態度，爵滿意地點了點頭，從懷中掏出那個已經打開的卷軸拋給我。解除封印的卷軸渾身帶著淡淡的粉色光暈，不說還真有點喜帖的味道在……只是，我怎麼看不懂？

瞪著軸面上的文字，我只能表示傻眼。

「喔，卷軸的文字會配合對象選擇他們的語言，妳看不懂很正常啦！」爵瞇了瞇眼像是在解讀我的內心想法，旋即給了我答案。

「呃，那你說的新娘是……什麼種族？」我隱約覺得不大對勁。

雖然是想過神的新娘應該不會是太尋常的對象，不過之前爵的說法，讓我以為應該是不平常的人類，難道不是嗎？

「改天我帶妳去見見她。」爵笑咪咪地賣了個關子，「好啦，我找到對象了，接下來要換妳的事了。」

「啊？」我聞言一愣，不是找到新娘他就要走了嗎？

「小豆豆，我剛剛才誇妳聰明妳怎麼又笨了？」

爵有些促狹地朝我眨眨眼，「新娘，顧名思義，要讓兩人決定在一起、共結連理才叫新娘啊！妳不會認為我找到她就可以把她帶走吧！」

我的眼神一陣心虛，老實說我還真的這麼認為過。

啪嘰！玄關的裝飾燈爆了。

我立刻恭敬地對於我內心湧現的對爵大神的不敬，致上的歉意。

「所以……」爵坐起身子，說出了他的要求：「小豆豆要幫忙我追到我的新娘。」

「你叫我幫你追老婆？」

我，單習郁，一個十七歲，感情經驗跟白紙差不多的女生，這技術含量會不會太高了一點？

「小豆豆，沒有人這樣誇自己的。」偷聽心聲成性的爵，立刻吐槽我。

……這話就你說起來最沒說服力！我狠瞪過去。

「哎——先別氣嘛，妳忘了我答應過妳會送妳三個願望嗎？」爵對著我勾勾手指，聲音充滿著誘惑，「妳只要幫我這個小小的忙就有三個願望耶！」

我在他殺傷力十足的笑容下，傻傻地跟著他的手指猛點著頭。

隔天到了學校，我慢了好幾拍地驚覺昨晚我傻傻地又點頭，把自己給賣掉的這個事實，直想用腦袋撞桌子。

這麼容易就被哄騙上當，單習郁妳沒救了！

「轉學生，妳在幹嘛？」一個提袋冷不防擱到了我面前，我抬頭，對上從昨天被他媽媽拆台後，臉色就一直很臭的陳謙禮。

「我媽吩咐我帶給妳的，說是妳小時候很愛吃的東西。」發現我的注意在那只提袋上，他作了解釋。

我打開了袋口的結，裡面是小巧的圓麵包，麵身刷了蛋汁後烤出漂亮的金黃色，勾起了我的回憶。

好多個待在托兒院的日子，院長阿姨都會烤這種小麵包給我。

「我媽真夠偏心的，好幾年都不做這個說是嫌麻煩，結果一想起妳喜歡吃馬上就轉變態度，還不准我跟宇偷吃。」陳謙禮在自己的位子落坐，長腿一伸就往桌上擱，順手從袋子裡摸了個麵包走。

他的嘟囔，讓我記起小時候那個總跟我搶食的禮禮，忍不住噗哧笑出聲。

他似乎看出我想到什麼，臉又臭了幾分。

知道他很介意小時候曾扮過女裝這回事，我捂起嘴巴，努力壓下笑意，只不過效果似乎不彰。

「欸，問個問題。」為了轉移彼此焦點，也為了解決某個不良大神抛給我的麻煩，我想了想，開口。

「幹嘛？」陳謙禮三兩口就解決掉那塊圓麵包。

「你有沒有追過女孩子啊？」我問，同時秉持著請人辦事花錢消災的原則，我又掏了個麵包奉上。

我自覺這問題問得挺稀鬆平常的，但某人的反應大得讓我非常不解，那可口的小圓麵包掉在地上滾不說，還瞪大雙眼，抖著手指著我啞了老半天，一個字也擠不出口，那漲紅著臉感覺真的很像是某種症狀前兆。

「我、我幹嘛要告訴妳！」陳謙禮終於找回他的舌頭，殺氣騰騰地瞪著我。

「好奇嘛！如果沒經驗就算了。」上課鐘聲正巧響起，我趕緊撇過頭去，放任陳謙禮刺人的視線繼續扎我腦袋。

老實說，被人這麼一直盯著其實挺不自在的，但，要是我知道我這一轉頭誤導了什麼，那就算頂著導師的罵，我也會堅持把話跟陳謙禮說清楚講明白的。

……這種東西只能意會不能言傳，我親身示範妳親身體驗一遍好了。

陳謙禮在課堂中拋來這麼張紙條，這樣寫著。

我轉身想問，這會兒卻換他裝認真聽課了。

我是不是不應該找他問這問題啊？還有，他是要親身示範什麼？

我忍不住一陣惡寒。

這時，班導師的聲音適時響起：「各位同學請安靜，從今天起為期一個月，我們班會有名實習老師加入，她會負責教授各位同學的國文，希望這段時間大家可以好好表現。唐老師請進來吧！」

班導在黑板上寫下了幾個字，立刻引起教室內一陣騷動。

「……原來昨天麻麻說的是這個？」

我呆呆地看著黑板上熟悉的三個字，還有前門打開後走進的身影，忽然覺得頭更痛了。

所以接下來這整天的課，我的小心肝一直處於極度的拉扯狀態，一邊擔心著台上的麻麻突然來個認親，要知道她說風是風、說雨是雨的個性，轉變的速度比翻書還快，前一秒的正常，不能保證下一秒也是正常……

雖然我知道麻麻也是很有專業素養的，可是，就還是會怕。而另一邊，是那一左一右刺我腦袋的目光。

我這下相信雙胞胎應該有他們一種特殊的溝通管道或什麼的吧！從陳謙禮那張紙條後，這兩兄弟就一直不停地打量我……好吧，平常也是這樣，但今天的目光就是讓我感覺特別刺，搞得我教室也待不住，一下課就往外衝。

不過，跑得了和尚跑不了廟。我躲了一天的下課時間，但，放學時間我就不得不回教室拿書包了……而，該來的總是會來，出來混，總還是要還的。

一開門，我不必有紫霞仙子的能耐，就已經可以知道接下來的結果了。

「宇，妳不覺得她看我們兩個的眼神很像是來赴死的嗎？」陳謙禮哼笑，勾著我的書包背帶在那兒晃啊晃的。

而，這就是我不得不折回來的原因。

我下課鐘一響就往外衝，怎奈被人搶先一步扣押人質了。

「禮，你這樣扣著人家的東西，她壓力當然大了。」陳謙宇笑笑地拍了拍陳謙禮的肩膀，手上正拎著我的提袋。

你說，有沒有這麼睜眼說瞎話的？

我硬著頭皮跨進教室，步伐沉重如千斤地走到桌邊，接手過我的提袋。

陳謙宇也很合作地放開了手。

但輪到陳謙禮手上的書包時，他卻更用力地抓住，「欸——轉學生，我說要追妳有這麼恐怖嗎？」

我下意識就想點頭，但卻趕緊死命地煞住。

「禮，要追人不是這個態度的。」陳謙宇湊近我跟陳謙禮之間，從他手上抽回我書包背帶給我，「她可以對你的追求有意見，但你可以不接受她的意見不是嗎？」

我才正想對陳謙宇前一句話表達我深切地肯定，但他下的一句話，就讓我確定這兩個絕對是親兄弟，不用驗都能證明的。

「哼。」陳謙禮冷哼了聲，抓起自己的書包大步走出教室。

臨出門前他忽然回過頭，給了我意味深長的一眼——

——走著瞧！

我想以我淺薄的判讀能力，他是這個意思沒錯吧！

「……我後悔問他了，都你啦，沒事給我找麻煩！」

回家後的苦命小媳婦晚餐料理時段，我用力攪拌著碗中的馬鈴薯沙拉，邊用眼神向一旁不停偷吃小蕃茄的爵控訴。

是的，我之所以會這麼抽地跑去問陳謙禮這種問題，都是這尊大神的指示。

「哎——小豆豆，我怎麼知道他這麼行動派，要身體力行教導妳呢！」爵搖了搖頭，對我的控訴大感不解。

「……講話就講話，不要這麼語焉不詳好不好！」他這麼語帶暗示的說話方式，讓我一陣惡寒。

「距離產生美嘛！」爵皮皮地應著，手一捻，又抓了顆蕃茄又要空拋入口。

這時，我忽然聽見門鎖轉動的聲音。

「快隱身！」我立刻做出反應。

「小——豆——豆——」幾乎是同一瞬間，麻麻的呼喚聲傳來，完全不出我所料。

我放下手上的碗，準備「迎接」麻麻接下來可能的任何動作，眼角卻掃見那顆剛剛被爵拋上去的小蕃茄，已經越過最高點開始落下！

一顆蕃茄莫名其妙飛空再消失，肯定會讓麻麻覺得奇怪的！所以我想也沒想，立刻伸出手抓住那顆小蕃茄。

「哎喲！」

呃，不妙了……乾笑再乾笑，我完全不敢移動我的頭部看向我的手。

因為從那個方向迸發的強烈殺氣，實在是好刺、好刺，我不用轉頭也能料想得到，剛剛那一聲「哎喲」的原因……

『小豆豆，妳好樣的敢揍我！』

「我不是故意的啊……」我一手抱著缽碗、一手平舉，臉上三條黑線搭上涔涔瀑布汗，十分具有戲劇化的效果。

『晚點跟妳算帳！』爵撂下狠話。

我感覺旁邊的殺氣漸漸遠離，偷偷轉頭瞄去，某人正閃入浴室，門啪噠好大一聲，引得麻麻狐疑地望去。

「呃……高樓風比較大嘛……」我繼續乾笑，覺得這藉口找得夠爛了。

「窗戶都關著，哪來的風啊！」提著大包小包的麻麻偏頭問我，不解地看著我像是抓住什麼的詭異動作，「小豆豆，妳動作怎麼怪怪的？」

「呃，我沙拉拌久了手痠，作一下伸展……」

「喔——」麻麻把手上袋子往地上一擱，出奇不意就衝上前摟住我。

我趕緊把手上的碗放在一旁，順便甩掉剛才掐爛的小蕃茄，隨便抹了抹。

「哎，我今天忍好久……」麻麻整個人掛在我的身上，臉頰在我臉上蹭呀蹭地，「姊夫說不准我在學校露餡，要保持好師生之間的界線，不然，他就不准我繼續實習了！」

「老、老媽妳輕一點……」我被摟得幾乎快沒氣，趕緊討饒：「韓習禹這個提醒真的滿重要的，妳要是在學校這樣撲我，我一定馬上變成焦點。」

「哈——姊夫跟妳說的一模一樣耶！」麻麻放開了我。

我轉身拿起她帶來的袋子，跟以往一樣，她一來就是致力把我的冰箱給塞滿。

「小豆豆妳放開了？」

「耶？」麻麻突然的一問讓我微愣。

「名字呀……妳可以用名字稱呼他而不是講那個人，應該代表妳放開了吧！」麻麻直勾勾地望著我。

我拿著碗繼續攪拌，良久才乾笑幾聲，草草帶過。

麻麻也沒有再多加追問，有些東西，我們很有默契地知道什麼時候該講而什麼時候該停。

「對了，小豆豆，妳是不是交男朋友啦？」

一個話題的結束，通常代表另外一個話題的開始，但這飛躍性的跳躍，嚇得我手一滑，差點整碗馬鈴薯沙拉就再見了。

「老媽妳亂說什麼啊！」雖然險險保住晚餐，但碗緣免不了撞擊到桌面，發出一聲刺耳的聲響。

「沒呀，就是覺得這屋裡有男人的味道在……」麻麻邊說，邊打量著我有些慌亂的動作，「哎、哎、哎——好久沒跟我們家小豆豆一塊吃飯了，今天就換妳招待我一頓吧……」

麻麻笑咪咪的神情裡寫著濃濃的八卦味。

「……這到底是怎樣啦！」我在心裡直吶喊，乾笑到臉都僵了。

「我的晚餐！妳打我還把我的晚餐吃掉！」

麻麻留下來用了晚餐，又跟我八卦了好一番才甘願走人。

而幾乎是她前腳離開的門板扣上，爵後腳就從浴室閃了出來，陰惻惻地瞪著我。

「又不是我吃的，而且我現在不是要補做給你了嗎？」

原本準備好的漢堡排被麻麻吃掉了，我只好翻出她帶來的牛排補償，反正都是牛肉嘛……

「我不管，我要吃漢堡排。」

某尊今天據說看完美食節目的大神，非常堅持要點這道菜。

「就沒有材料了啊……」而且還要揉，超累的。

我無言地揮著汗，寄望某人能高抬貴手放我一馬。

「我不管——」

我瞄了眼只差沒在地上打滾……得，現在開始滾了，有人青番起來，真的很難打發，總之，我瞄了瞄一哭二鬧只差沒上吊的爵，腦袋忽然閃過一個念頭。

「欸，你不是叫我幫你追新娘！」我深吸了口氣，伸出食指指著他大聲說著：「第一條，沒有女生喜歡幼稚的男生！」

「真的？」爵停住了動作，微揚左眉，很是懷疑地看著我。

一句話，立刻止住了爵的發神經，我滿意了，努力眨巴著眼睛，擺出我最誠懇的表情，像是要把頭點斷一樣拼命點頭。

「妳說了第一條，那接下來還有什麼？」爵交抱著雙臂上下打量我好一會兒後，乖乖地在餐桌前坐好不再青番了。

「你先吃飽再說吧！」端出了補料理好的晚餐給他，我很惡搞地模仿起最近看的翻譯小說。

我發現，這招拿來壓制爵還真的很好用。

第二天，陽光普照、風和日麗。

一看就是個所有妖孽退散的大好天氣，而我很難得一早醒來，床上沒有多出任何不明的人、事、物，早餐沒有人在那邊擺大爺款點這個嫌那個——真是個美好的早晨啊！

我一整個神清氣爽、神采飛揚。

可惜，只持續到我踏入教室前——

唰地一聲！

瞬間擋住我眼前視線的大紅花束，我什麼都還來不及看清楚，就先被撲鼻的濃郁香氣給弄得噴嚏連連。

「搞、搞什麼啊！」我被嗆得眼淚都流出來了，鼻子也揉得通紅，瞪著花束後露出臉蛋的陳謙禮，一臉不悅。

大清早的！這是搞哪一齣啊……

「拿著就是了，管那麼多。」像是沒料到我會是這反應，陳謙禮皺了皺眉，倔著張臉把花束塞到我手裡，雙手往口袋一插就折回位子去了。

我呆了好久，才理解他這個動作所為何事。

「……你認真的啊！先生？」我瞅著他的側臉，一臉驚異地嘀咕。

冷不防眼前一晃，又是一束花，這次是粉色的。

「單同學，早呀！」花束背後響起聲音，是陳謙宇。

「配合演出。」大概是我呆愣的臉上寫著大大的疑問，陳謙宇微微笑著，朝著陳謙禮的方向努了努下巴，小聲跟我咬耳朵。

「……他就這樣追女生？」我很努力地合上嘴巴，想想，還是忍不住又問了。送花追女生我可以理解，但，會不會送得太莫名了，還叫自己兄弟也幫送？

「嗯……送花是我建議的，不過送法是他決定的。」

陳謙宇眨了眨眼，作了補充：「本來他想夥同全班男生來作這件事，不過我想這樣妳可能抱不了這麼多花，所以，我說我們兩個代表就好。」

我覺得我脆弱的心肝，在瞬間被這兄弟檔雷得萬分焦脆，這腦袋要多抽風，才可以想出這種損招……等等！

我昨天好像給了某人什麼建議啊？

抱著兩束實在有點沉重的花束，我苦惱著今早好像對著某人唬爛了些什麼？怎麼一時間想不起來呢？

「單習郁同學，妳抱著花束站在門口是打算要送花給老師嗎？」背後再次響起聲音，我回頭對上班導跟笑得一臉促狹的麻麻，這才發現原來已經敲響了上課鐘。

「呃……歡迎老師。」我匆匆把手上花束往班導跟麻麻塞去，衝回自己位子上，旁邊立刻飛來刀子似的眼神。

「妳好樣的啊！借花獻佛。」陳謙禮咬牙切齒地低語，一張臉有夠臭的。

「那個，我對花過敏嘛……」我呵呵傻笑，像是怕他不信似地，還很故意地打了幾個噴嚏作樣子。

『小豆豆，妳對花過敏啊？』

我還在裝，腦袋裡卻忽然響起爵的聲音，嚇得我一愣。

他怎麼莫名其妙又跟我接上聯繫？今天早上出門時，他不是說他要去找他的新娘實驗昨天學到的新守則嗎？

呃……不會是發現我唬爛他吧？

『什麼是唬爛？』爵像是察覺到不妙地揚起語尾。

「……沒、沒的事，爵大人你聽錯了。」我趕緊討饒，就怕被發現什麼。

『喔，我剛剛送花給她，可是她說沒人送女生這種花的，我本來想問妳，可妳說妳對花過敏，那這樣問妳應該沒什麼用……』

我恍然，原來我剛剛一直想不到的就是這個啊！

是了，昨天我才跟爵說追女生要送花嘛……呃，好吧，看來理論跟實踐還是有非常實際上的差距在的。

感嘆完畢，我立刻就問了爵大人是選了什麼花？居然立刻被打槍。

不問還好，一問下去我只能說……你是鮮花、素果看太多只認得這兩個品種嗎？

『什麼意思？我是看說這兩種花很搶眼就選了，不對嗎？』

「呃……一般來說應該是比較喜歡玫瑰、百合這類的吧？劍蘭跟菊花有點……太另類了。」我在心裡回應著，卻忍不住笑了起來。

一大束劍蘭跟菊花，這畫面應該很有趣。

ch10

請點頭說好

這天晚上的晚餐配菜之一，就是爵大人的追老婆實況轉播。

據說，爵的準新娘（他說還沒娶到不能叫新娘），在距離我所住的大樓左側大約五、六百公尺遠的某個公園，下午時段的跳蚤市場的某個攤位擺攤，是個獨立藝術創作者，有著一頭搶眼的長髮和外表。

那天他晃到那附近，不小心撞到了騎著單車載著商品的她，一陣天旋地轉後兩人抱在一塊兒，卷軸自爵的懷中滾出碰到了她的手就打了開來，頓時金光閃閃、瑞氣千條、日月無光……講岔了，總之，卷軸開了就等於新娘找到了……大概吧？

「你渴不渴啊？一口氣講這麼多話。」我瞄了爵一眼，倒了杯水給他。

他也毫不客氣地接過一口灌下。

「然後，我今天帶了花束去找她，她說沒有人在送這種花給女生的，不過，她倒是接過去幫我弄了這個……」

爵手心一翻，出現了兩個小陶器，裡頭裝著菊花跟劍蘭，在巧妙的剪枝搭配下，變成可愛的花盆裝飾。

「我跟她拿了一組，不過妳對花過敏……本來想送妳的，反正妳放著不要靠太近遠遠看好了。」

我微愣著看著塞到我懷中的那只方形陶器裡，黃色、白色、粉色三色交錯的菊花還有細長陶器裡帶葉的劍蘭，不知道該怎麼形容現在的感覺，如果說，早上陳謙禮跟陳謙宇送的玫瑰是驚嚇多於驚喜，那現在這個樣品，我有點不知道該怎麼判斷了。

這真的不是很一般會送給女生的花種，只是，我卻覺得這比大捧玫瑰來的可愛多了……

「謝謝。」雖然說收了個送給人家的花轉製的盆栽有點詭異，但，我還是吶吶地道了謝。

抬頭時正好對上爵笑得燦爛的臉，我一呆，匆匆低下頭猛啃著晚餐。

「……今天是香檳玫瑰？」我呆呆地捧著花束站在門邊，一如這幾天的發展，對上隨後跟進的陳謙宇似笑非笑的表情。

他點了點頭，我感到很無力。

「你們錢很多？」我本來想問他們到底想幹嘛，話到嘴邊卻變成問這個，一天一個品種，這一束也要好幾百吧！

每天這樣花我，看了都很肉痛。

「正統派追求法，我猜大概再過幾天就差不多會換新招了。」陳謙宇笑咪咪地遞上他的那束花，臉上寫著濃濃的看好戲表情。

我無語，

還是老話一句「一回生，二回熟」。

連著幾天早上都有束花湊到妳面前，不習慣也習慣了……我甚至還很退一步的想，至少比起第一天的大陣仗，現在這個花束大小很ＯＫ了……

不過，這對兄弟檔也太我行我素了點，我就不信他們沒聽到最近學校傳的風聲，唉，我想低調偏偏有人每天高調地發動鮮花攻勢，重點還不是真的要送我的，只是賭氣……

……誰收到這種花會高興啊！

我悶悶地把花束往窗台花瓶一插。

拜這幾天這對兄弟的花束，我們班的教室天天都有鮮花裝飾……

順帶一提，同樣來鮮花攻勢的還有爵大人。

我撐著額頭，腦袋裡很準時地響起爵的每日報告，得——今天他們有志一同都選了香檳玫瑰，我已經可以預想得到我晚上回家會收到什麼了。

我越來越覺得這三個人可以結拜一下，這思維真的是如出一轍地欠揍。

「好煩！真的好煩！」可是我又不知道自己在煩什麼。

爵每天都會去找她，然後，每天會帶著送她的花製成的小陶器裝飾回來給我，轉眼，那個窗台上已經擺了大大小小好幾個陶器，花謝了之後仍舊放著，飄著原有的淡淡香氣，卻看得我極度煩躁。

而爵仍在我腦袋裡講著今天她用什麼樣的陶器，盛裝修整好的香檳玫瑰，晚點等我回去帶給我看。

「……我不要再收了，你拿送別人的花轉送給我幹什麼！」我聽著，忍不住就這樣子在心裡喊了出來。

世界安靜了，在我惱怒地在心底吼出這句之後。

「老師，我不舒服去一下醫護室。」我匆匆拋下藉口，衝出教室。

鼻子好癢、好難過，噴嚏打個不停，本來對花過敏這個只是一時找的藉口，現在，我真的被這濃郁的香氣弄得我好難過……

當下我腦袋裡只有想逃離這個念頭，可卻在轉角處被人給攔了下來。

「單習郁。」再熟悉不過的嗓音喊著我的名字。

雙腳制約性地煞住，我低著頭不敢回望，為什麼在我這麼不愉快的時候，偏偏還要遇上韓習禹？

「妳不上課在走廊跑什麼。」黑亮的皮鞋前端侵入我低垂的視線範圍內，沉沉地踩著我的神經。

「人不舒服……」我的語氣很飄忽，不知道為什麼就是心虛，說話的底氣一點份量都沒有。

頭頂的沉默，讓我不安地直想逃跑又不能。

「醫護室現在沒人，過來吧！」良久，韓習禹淡淡拋來一句。

黑色皮鞋離開了我的視線，我愣了好一會兒才想到要跟上。

進到理事長辦公室，韓習禹比了比沙發，然後就轉入辦公桌後不再理會我。

我呆呆地貼著跟他距離最遠的位置坐下，一時，整個辦公室裡除了呼吸聲跟他握筆在紙上書寫的沙沙聲之外，沒有其他的聲響，靜默得可怕。

我僵著身子，不敢亂動也不敢發出太大的聲音。

心神一直繃著、繃著，眼皮居然越來越沉重，我不自覺地閉上了眼睛。

就這樣不知過了多久，我終於再度恢復意識後，立刻嚇得坐直了身子！

「……我、我剛剛居然就睡著了?!」眼睛眨巴、眨巴地開闔了幾下凝聚焦距，我不安地左右張望著。

辦公室裡只剩下我一個人……滑落至腿上的輕微重量拉回我的注意，我低頭，發現身上多了塊毯子。

米色底橘色星狀圖案，我的手忍不住掀起角落看著，邊角縮寫的「H．Y」字體。很久之前我也有條一模一樣的，麻伊媽咪買來繡上了我的姓名縮寫，只是我的那條，在麻伊媽咪過世時跟著一起火化了不是？

「妳多晚睡搞得自己這麼累，坐著也能睡著？」門把轉動，外頭進來的韓習禹看到坐起的我，冷冷的話語拋了過來。

看見他，我就知道這條毯子是誰的了。

習禹、習郁，我們的名字有著一樣的拼音縮寫，只是我不知道他也有一條，因為我從沒看他用過。

「不開心就吃點甜的。」看我呆呆的愣在那兒，韓習禹皺了皺眉，把一個東西遞向我。

那是個紙袋，裡面裝著盒巧克力。

我忽然有點不能理解。

「如果沒事了，就快點回去上課。」韓習禹淡淡地說道，示意我可以離開了，顯然，沒有多做解釋的意思。

我茫茫然抓著毯子提著紙袋，瞪著扣上的門板，被這一串舉動搞得莫名其妙，想不通他怎麼知道我是心情不好？

「小豆豆！妳又給我斷訊！」

我還在傻愣，旁邊突然爆響起爵的聲音，好大聲、好立體，就好像他人就站在我旁邊一樣。

我轉頭，對上一臉不爽交抱著手臂的爵。

「啊——」這麼大一個人突然就出現在我眼前，我腦袋一片空白，唯一的反應當然是放聲尖叫，卻在他手指揮揮的動作下被強制消音，只有張大著嘴巴，跟飄散在空氣中的第一個音節。

「妳幹嘛又心情不好？害我又接收不到妳的訊息。」

爵狠狠地瞪著我，萬惡的手指頭戳了戳我的腦門，「妳不是說女生喜歡收到花，我送妳，妳不爽什麼？」

我睜大了雙眼，直瞪著爵。

「幹嘛不回我話……喔，忘了。」對於我的反應，他很慢半拍地想到不久前他的行為，又揮揮手指，還我發言權。

「你送我就要收啊，奇怪！」被強制鎖喉的感覺真的非常、非常的難受，我揉了揉活像被人狠掐著的喉嚨，不開心的感覺又湧了上來。

女生是喜歡收到花，但如果知道這花送的原因跟對象，其實根本不是期待中的那樣，誰高興得起來？

我想到爵每天帶回來的，由他送給她的花束轉製的小盆栽；想到陳謙禮陳謙宇送的很居心不良的花束……啪噠！

感覺到手背上的溼意，我發現自己居然哭了。

「哭什麼呀妳！單習郁……」我在心裡暗罵，手緊緊揪著毯子跟不久前韓習禹給我的紙袋，還來不及用甜點緩和不開心，又更悶了。

「欸，妳怎麼哭了！」爵很驚嚇地扣著我的肩膀，臉湊了上來，作了一個讓我完全不能理解的動作。

「啊——」這回是貨真價實的放聲尖叫，一點消音都沒有了。

因為、因為……這傢伙居然把他的嘴巴貼到我的眼角！

「轉學生！」

「單同學！」

門砰地一聲被推開，衝進兩道人影。

目光瞥見來人，我呆了，眼淚也忘了要繼續，全收了回去。

衝進來的是陳謙宇、陳謙禮兄弟，一人一手握著門把，臉上寫著還來不及收好的緊張跟驚訝，視線直直瞅著我跟爵的方向……

……等等！我很自覺地消音，看看兄弟檔，看看爵，伸手比了比他們，再比比他。

這三個人很配合我的動作移轉著視線、點頭，很明顯地，是我想的那樣……

「你又沒隱身？」殺氣騰騰、咬牙切齒，我揪著爵的衣領，什麼情緒都沒了只剩下憤怒，當然，也就忽略掉我此刻的動作對某個高高在上的神有多麼不敬。

「轉學生，這是怎麼回事？」爵還沒給我回覆，有人先發問了。

我看著挑眉瞪向我的陳謙禮，一滴冷汗悄悄滑落。

上一次，我東扯西扯好不容易呼嚨過去，讓陳謙禮忘了要問我為什麼爵會突然出現在學校這回事，這一次……

左邊、右邊、前方，三個男人各據一角直瞅著我，帥哥是很養眼，但被逼供是痛苦的。這，真的是一種很揪結的感覺。

「……可不可以拒答？」我微弱的抗議，在三人一致的瞪視下自動收起來。是說，爵這傢伙跟著人家瞪我幹嘛？這還不都是他搞的鬼！

我在心裡的暗罵，確信某人聽得到。

因為此刻坐在我前方的他，又擺出無辜樣了。

「我覺得你們不會相信我接下來說的東西。」咂咂嘴，我真的好掙扎。

「這個傢伙……據說，他是神，下凡來找他的新娘的。」深吸一口氣，我比了比爵，非常認真而嚴肅地開口。

空氣有好幾秒的停滯，安靜得嚇人。

我嚥了嚥口水，難得實話了一把，但瞧這個狀態……他們明顯不信。

「單習郁，我看起來像白痴嗎？」

向來轉學生、轉學生喊著的陳謙禮，非常難得地用我的全名稱呼我。

我緊閉上雙眼承受著他爆炸似地大吼大叫。

「禮，別這樣。」陳謙宇拉了拉陳謙禮的衣袖，對他搖了搖頭。

陳謙禮重重地哼了聲，坐了下來。

我偷偷睜眼看到他們的互動，正巧迎上陳謙宇看向我的視線。

不同於陳謙禮的躁動直率，他就是這樣靜靜的看著妳，不言不語，用眼神威壓。我很卒仔，所以在這種殺氣之下我忍不住縮了縮，也不知道是不是下意識的反應，我躲向爵的身邊。

「咳、嗯，我稍微整理一下——」陳謙宇咳了聲，把我們的注意力全拉往他的方向，伸手比了比爵，又比了比頭頂，「習郁同學的意思是，他是神？」

我看著陳謙宇，雖然不能理解為什麼他也改了稱呼，但還是點頭回答。

「沒憑沒據，誰信？」陳謙禮撇了撇嘴，語氣很是不屑。

我一驚，正想奉勸他千萬不可質疑某人的身分而已，熟悉的聲音響起，一、二、三、四、五、六、七——連環爆啊！我淚了……

「拜託，這不是家裡，這裡是理事長辦公室……」我伸手狠狠地往爵的腰間一擰，另一手壓下了他萬惡的手指頭，不准他再爆燈泡了。

這個突來的意識讓我一呆，我們四個也太扯了，就這樣霸佔人家辦公室……我左右張望著，發現除了我們四個之外並沒有其他人後才稍稍鬆了口氣。

「不用怕啦，短時間內他都不會想起來要回辦公室的。」

像是知道我的擔心，爵衝著我眨了眨眼，一副放心有我在別怕的樣子。

「別眉來眼去了好不好？」陳謙禮不爽地開口：「妳不是說他來找新娘，該不會就是妳吧？」

這回他沒再用手指著爵，想來也是被剛才的連環爆給震懾到了。

「怎麼可能？我看起來像嗎我？」我瞪大了雙眼，前一秒我很驚訝他的迅速接受，下一秒，我就覺得這人腦袋抽了。

「但，你們兩個很親密的感覺。」陳謙宇也發話了，雖然跟他平常講話的語氣差不多，但我怎麼有股他很不爽的感覺？

「因為我們天天在一起嘛！」偏偏這時候，某個腦袋忘在家的突然來這麼一句。

兩道殺人目光射來，我又下意識縮向爵的方向，雖然不靠譜，但加減擋一擋……

後來，我到底是怎麼走出辦公室、怎麼回家的，我已經沒有印象了……

當天晚上，我很機械式地攪拌著麵醬回想著這段空白。

原諒我精神不濟，沒這心思煮飯。

「小豆豆，妳又敷衍了事。」發現晚餐只有醬拌麵的爵，非常不高興地抗議。

我不爽地甩去一眼，他也不想想到底誰搞出的亂七八糟，害我變這樣的。

「哎喲——不要生氣啦，如果妳真的很介意……」爵停頓了下，像是在讀取我的內心，而後說：「我把他們的記憶改一改好了。」

「你說啥？」我攪拌的動作霎時一頓。

「我把他們的記憶改動，讓他們對今天的事情沒印象，這樣妳就不用擔心了吧？」爵聳了聳肩。

「你有辦法這樣作？」我轉頭看著爵，眼睛瞪得非常、非常大。

他對我點了點頭。

「那你幹嘛不講啊！」我恨恨地捏緊筷子，只覺有股怒火從肚子裡轟地一下往上竄。

「妳沒問嘛！」爵的表情好無辜，無辜得讓我一個沒忍住，直接伸腳就踹了。

而接下來的發展……不用說也知道，某人一生氣就爆我燈泡。

「你不想吃飯了是吧！」面對乍然轉黑的廚房，我陰惻惻地望著爵。

「對不起。」發現到自己做錯的爵，很乖地退出廚房。

等我把拌好的醬跟煮好的麵條端上桌，他的臉上掛著極耀眼的笑容。

「別氣了啦，不然這個給妳。」他湊近我，手一翻又是個小盆栽。

「我不要。」又是拿送人家的花轉製給我的東西，我才不要。

「這是送妳的，不是拿別人的禮物做的。」小盆栽在爵的手中一轉，他的話讓我定神一看，的確瞧出了不一樣。

我悶悶地看著手上別緻的禮物。

「明天要不要跟我去看看她？」爵忽然說道。

我發現跟爵相處久了，我的思緒越來越跟不上反應了。

隔天到學校，依然故我的兩束花，令我非常地無言。

關於記憶這檔事，我知道爵可以把它消除，但到最後我還是什麼也沒說，至於他們相信與否，我也不是很強求，只是我很悲哀地發現，我周遭男生的思考迴路，跟我真的不是同一掛的。

「你們到底想幹嘛？」這算不算定義上的有志一同？

昨天爵翻出來的所謂的不是轉送，而是專程給我的盆栽裡栽種的，跟他們現在所送的又是同一種。

只是，這又是哪一招？

「就說要追妳了還有想幹嘛？」陳謙禮很用力地把花束塞給我，轉身就走了。是錯覺吧……我好像隱約看到他的耳朵染了微紅。

「我們只是想，前戲作完了就該認真進入正題了。」陳謙宇微微笑了笑，把手中的花束放到呈現傻愣狀的我手中，「希望妳可以接受我們的追求，習郁同學。」

然後……沒然後了，因為我傻傻的站在那兒，連鐘聲響了都不知道進教室，又被理事長韓哥哥習禹大人抓包，最後，我又來到了理事長辦公室。

花束擺在一邊，而此刻我手上拿著掃把——對的，昨天某尊大神帥氣地連環爆的後果，就是一地華麗的碎玻璃。

而「蹺課」被抓包的現行犯我，得來打掃當作處罰。

韓習禹好像很忙，把我叫來掃地，又不清不淡地訓了幾句後就走了。

而我在碎玻璃互相撞擊磨蹭的聲音中，猛然想起……麻伊媽咪的祭日快到了。

『小豆豆在不在？』

腦海突然響起爵的大嗓門，瞬間沖散了我剛凝聚起來的些許愁緒。

「……幹嘛？」我對於他這種行為已經從抗議到無奈到現在漠然接受，反正，我阻止不了。

『下課我去接妳，要等我喔！』爵的聲音聽起來好雀躍。

「……你、你要來接我作啥？」他這麼開心反而讓我害怕，因為這讓我忍不住想起昨晚。

時間回到昨晚，也就是他說了要帶我去看看他的新娘這句話，而我一時呆愣忘了說不要，就被他直接定案後，某人笑得像朵花一樣，接著，慘劇發生了……

「啪嘰！啪嘰！」

我看見我面前辦公桌上的檯燈燈泡，華麗麗的炸了。

是的，昨天我度過了一個全然無光的晚上，因為我家的燈承受不住某人開心的情緒波動，炸了。

「你個叉叉圈圈的！我就在掃玻璃掃不完了你又給我爆燈泡！！！這到底什麼跟什麼，你不爽也爆燈泡、開心也爆燈泡，很貴欸知不知道！」

『一時控制不住嘛！對不起。』

爵突來的道歉讓我微愣，一個沒留神，手被桌上的碎玻璃給劃了一下。

「怎麼桌上的燈泡也破了？」我背後忽然響起韓習禹的聲音。

我完全沒注意到剛才有人開門進來的聲響，眼前一晃，手已經被抓了過去，「我是叫妳掃玻璃不是叫妳撿。」

「呃……」他這什麼問題，我不用手把大塊的玻璃先撿下去，是要我直接拿掃把掃他的辦公桌啊？

我愣愣地被抓著手。

韓習禹從口袋掏出手帕，按壓在我的傷口上止血。

「其實，你可以不用對我那麼好啊……」我沒頭沒腦地想到這句，更沒頭沒腦地脫口而出。

這話一出，尷尬了。

「受人所託。」韓習禹淡淡地回了一句後，放開我的手，「等下去醫護室擦個藥，然後快點回教室上課。」

我眨眨眼低下頭，脫口而出是我沒有多考慮，可是他的回答讓我很悶，撇除託付之後，他對我就沒有其他的感情了是吧！

我默默收回手，轉身走向門口。

「小豆豆，後天我會去接妳。」

正要開門離開，韓習禹突然又開口，卻是用我很意外的稱呼。

從那天之後他就沒再這樣叫我了，為什麼忽然改了？

懷抱著不解，我轉開了門把……離開。

「你、你、你……」

我喘著氣，瞪著前頭左手拿棉花糖，右手夾冰糖葫蘆，一邊手臂掛著袋麻糬，另一手掛了杯黑塑膠袋裝的印度拉茶，像逛自家花園一樣熟稔地走在市集中的爵，驚魂未定。

時間回溯到二十分鐘前，正值放學時間。

也不知道是怎樣，今天一整天那對陳家兄弟對我跟前跟後的，我完全搞不懂他們到底想幹嘛……雖然說，我也沒很認真想就是了。

因為，我還在糾結於韓習禹的異常。

『小豆豆，給我過來。』

專心在糾結上頭，以至於腦袋一響起爵的聲音，我連反應都來不及（是說，我好像也沒反應得及過就是），只感覺腰被無形的繩子套住，雙腳像強制被人裝上輪子往前衝刺一般，我倒吸了口氣，就這麼一路往外衝。

「單習郁——」陳謙禮的聲音從我耳邊呼嘯而過。

我只來得及回頭望一眼，把他跟身旁陳謙宇傻眼的表情收入眼底，然後……然後我知道了上、下半身各自為政，能有多麼痛苦……

ＯＫ，回到正題。

花盡全部精力擺脫掉陳家兄弟檔後，我拖著模擬果凍狀的雙腿，跟著爵的腳步，穿過市集前半段的眾多小吃攤。

爵看來真的很熟悉這兒，好像每個攤販都跟他像是老朋友似地，熱情招呼，瞧他現在的滿手食物就知道。

市集的後半段是一個一個小帳篷，各式各樣的攤位在這聚集，販賣著種類不一的物品。

「小豆豆，妳體力真的很差耶！」

我的緩慢移動嚴重拖累了行進，爵回頭睨了我一眼，揮揮手指。

我忽然覺得直打架的雙腿捲上絲絲涼意，解除了那股完全不受我控制的虛軟。

而就在這時，爵雀躍地拉著我，「啊，到了！小豆豆我跟妳介紹，她就是我要找的新娘……」

我們停在一個綠色帳篷前，兩邊各一張小木桌上擺放著大大小小、形狀各異的盆栽，盛裝著數種花草，在熱鬧紛雜的市集中，有種微妙而超然的寧靜。

帳篷內走出一道纖瘦的身影，亞麻材質的連身袍子，從邊沿漸層染上淡淡湖水綠色，光影中慢慢覷見她的容貌，斜斜的瀏海覆在心形的臉蛋上，側挽了個鬆鬆的髻，簪上一只帶苞的桃木釵，羽扇輕眨，揚起一對微挑的鳳眼。

好古典的女子……如果不是一頭紅髮跟流金色眼珠子，真的就像是古代仕女畫走出來的人啊……

我傻愣的視線對上她束心狀的瞳孔。

雖然只是一瞬，很快的又恢復正常，但就這麼一眼我肯定了，她絕對不是尋常人種。是了……尊貴的爵大神的新娘人選怎麼會是一般小人物呢？

「又來？今天不送花了，就說你總算腦袋正常了點……」

雖然色調微妙，但古典美人就是古典美人，開口也是清清婉婉的語調，雙手捧著一團黏土搓揉捏塑著，不一會兒就是一個形狀獨一無二的盆栽。

我想……我還是不要去深究為什麼不用其他步驟就可以定型，這種太高難度的問題了。

「呿——我今天特地帶人來給妳瞧瞧的，一天到晚說我瞎說，現在正主在這裡——我們家小豆豆。」爵托著我後背把我往前一撈，語氣很是熟稔，介紹詞卻讓我一呆，什、什麼你們家的，這樣跟你的新娘介紹我，你對嗎？

「久仰大名。」古典美人梅音小姐對我燦然一笑，隱約間，我嗅到了醉人的桃花香氣。

「妳、妳好。」我乾巴巴地打了聲招呼。

事後想想，我的反應整一個傻不溜丟啊。

「……妳教他要送女生花呀？」梅音輕笑了聲，我這才瞧見她眼角有顆淚痣，隱在髮間，「那看來，是這傢伙腦袋笨辦壞事了。」

我呆呆地看看他，再看看旁邊齜牙咧嘴的爵，下意識地點點頭，又慌張地搖頭。

大庭廣眾下要是惹惱某人他又爆燈泡那多、多恐怖啊！

「哎——好可愛呀！」我呆呆傻傻的反應，似乎逗樂了梅音大美人。

只見她笑開了臉，湊了上來在我的唇上啄了一下！

而這個動作，看在我眼裡是這樣的——笑開了臉的梅音大美人，忽然變成了個看起來像龍又像蛇，總之是爬蟲類造型的模樣，不變的是那個束心狀的流金色瞳孔，湊向了我，在我唇上啄了一下！

我，單習郁，在被個神強迫幫忙找新娘，終於千辛萬苦找到之後，現在，被他的新娘給親了！而且……

「……爵大人！你的新娘是個、是個爬蟲類啊！」

這個認知，讓我嚇得哭出來了！

……to be continued

《後記》

空白了兩年，又重新開始寫作的感覺，真的很微妙。

換了個地方、換了個名字，沒有更換的是，還是那個愛說故事的自己，在寫下THE END時，剛好是我要出門玩的前一晚，在朋友捎來的「禮物」電話下，寫完了最後一段的故事，就是你們現在看到的爵大人和小豆豆。

這篇有點幻想、有點奇妙的故事，算是自己的第一次嘗試，對於這個皮皮的，很愛爆燈泡的爵大人，真的又愛又恨；還有女主角小豆豆，當初連載時有人跟我說，她也太衰了點；我想了想，或許吧，但是換個角度想，從今以後，她有爵大人陪啦！還是其實這才是最衰的地方？（狀態顯示：爵大人爆了我家的燈泡Orz）

故事開始起是一個念頭，在某個睡不太著的半夜，我又回顧了回自己書櫃上的書，接著，總覺得有個很不莊重（？）的影子浮現在腦海，很踐很踐地對我說：「妳，給我過來。」

這就是忽然讓我想寫這篇的原因呀（笑）

如果在那時告訴我，這一個突然的念頭會變成十幾萬字的小說，我大概會哈哈大笑說「別傻了！」

但事實上，沒傻，我真的寫完了。

每一次的故事開始與結束都像是一趟旅程，真的很開心把這個故事完成，並且呈現給大家，這個滿滿的有著我個人私心的故事，希望看完的人都能夠發現屬於自己幸福的尾巴！

夜兒 in 台中有點涼的午後

四、注意事項：

★ 投稿者之作品須有完整版權，繁簡體實體書出版權及電子書版權。
★ 請勿一稿多投。
★ 投稿作品如有涉及抄襲、剽竊等情事・無條件立即終止合約並針對出版社損害於予追究。

【輕小說畫者募集中】

三日月書版徵求各種不同風格的畫者，請踴躍提供參考作品及聯絡方式，審核通過後我們將與立即與您聯絡。

一、投稿插圖檔案格式：

★ 投稿格式。
1. jpg檔案，解析度72dpi，圖片大小像素800X600。（請勿過大或者太小）
2. 來稿附件請至少具備五張彩稿及三張黑白稿或Q版圖片
3. 請投電子稿件，不收手繪原稿。
4. 請在電子郵件中以「附加檔案」的方式將作品寄送過來，切勿使用網址連結。
5. 投稿作品請使用不同構圖之作品，黑白部分請勿僅以同樣彩色構圖轉灰階投稿，來稿請以近期作品為佳，整體構圖需有完整背景與主題人物。

二、投稿信箱： **mikazuki@gobooks.com.tw**

★ 電子郵件標題：「繪圖投稿：(筆名)」。
★ 真實姓名、聯絡信箱、電話及畫者的個人基本資料，若無完整資料，恕不受理。
★ 收到投稿後，編輯會回覆一封小短信告知，如3天內未收到編輯的回覆，請再進行確認唷。
★ **審稿期為7個工作天。**

高寶書版集團
gobooks.com.tw

輕世代 FW010
惡作劇戀人 I

作　　者　夜兒
繪　　者　妍希
編　　輯　王藝婷
排　　版　彭立瑋
美術編輯　陸聖欣
出　　版　英屬維京群島商高寶國際有限公司台灣分公司
　　　　　Global Group Holdings, Ltd.
地　　址　台北市內湖區洲子街88號3樓
網　　址　gobooks.com.tw
電　　話　(02) 27992788
電　　郵　readers@gobooks.com.tw（讀者服務部）
　　　　　pr@gobooks.com.tw（公關諮詢部）
傳　　真　出版部　(02) 27990909　行銷部 (02) 27993088
郵政劃撥　19394552
戶　　名　英屬維京群島商高寶國際有限公司台灣分公司
發　　行　希代多媒體書版股份有限公司/Printed in Taiwan
初版日期　2012年11月

國家圖書館出版品預行編目(CIP)資料

搖搖尾巴：惡作劇戀人 / 夜兒著. -- 初版.
-- 臺北市：高寶國際, 2012.11-
冊；　公分. -- (輕世代；FW010)

ISBN 978-986-185-782-4(第1冊：平裝)

857.7　　　　101022847

三日月